전략

La Chute
Albert Camus

전락

알베르 카뮈 | 이휘영 옮김

문예출판사

차례

전락 • 7

작품 해설 • 149

알베르 카뮈 연보 • 163

* 옮긴이 주는 각주로 표시했다.

여보세요, 폐가 안 된다면 제가 좀 도와드릴까요? 이 집의 운명을 주관하는 저 점잖은 '고릴라' 양반에겐 당신의 말이 통하지 않을 것 같습니다. 사실 네덜란드어밖에 모르는 사내거든요. 제가 대변하도록 허락해주시지 않는다면, 당신이 진을 주문하신다는 것도 알아차리지 못할 겁니다. 자, 어때요, 이제 내 말을 알아들은 것 같습니다. 저렇게 머리를 끄덕이는 건 내 얘기에 동의한다는 뜻이겠지요. 과연 저쪽으로 가지 않습니까? 서두르긴 하지만 조심성 있게 느린 걸음입니다. 당신은 운도 좋으셔, 저 양반이 투덜거리지 않았으니 말입니다. 시중드는 게 귀찮다 싶으면 그 이상 더 말해볼 생각을 안 한답니다. 제 기분을 제멋대로 다스리는 것, 그건 대형 동물의 특권이지요. 실례하겠습니다. 도와드릴 수 있어서 기뻤습니다. 감사합니다. 방해가 되지 않는다면 마시겠습니다만, 참 친절하십니다그려. 그럼 내 잔을 당신 잔 곁에 놓기로 하지요.

네, 말씀하시는 대로 그렇습니다. 저 사내의 말수 없기란 귀가 아득해질 지경이지요. 마치 원시림의 무거운 침묵이 목구멍까지 틀어막고 있는 것 같습니다. 말 없는 저 사내가 문명 제국어에 악착같이 반감을 표명하는 데는 이따금 나도 놀라지 않을 수 없습니다. 암스테르담의 이 바에 무슨 까닭인지 '멕시코시티'란 이름을 붙여놓고, 세계 각국의 뱃사람들을 맞아들이는 게 그의 직업이니 말입니다. 그러한 직업을 가진 사람이 저렇게 말을 몰라서야, 아마 꽤 불편할 것 같지 않습니까? 바벨탑에 기숙하게 된 크로마뇽인을 상상해보십시오! 적어도 그는 낯섦을 맛보게 될 겁니다. 그런데 천만에요. 저 녀석은 타향살이 신세라는 것도 느끼지 않고, 한결같이 제 길을 걸으면서 태평이거든요. 저 사람의 입에서 간혹 들어본 몇 마디 말 중 하나는, 잡든지 버리든지 해야 한다는 것이었어요. 도대체 무엇을 잡고 무엇을 버려야 한다는 걸까요? 아마 저 친구 자신이겠지요. 솔직히 말씀드리자면, 나는 저렇게 통짜로 생긴 사람들에게 마음이 끌립니다. 직업상 또는 성격상 인간을 많이 연구한 경우에는 영장류에 대한 향수를 느끼게 되는 겁니다. 영장류에게는 속마음이란 게 없거든요.

사실을 말하자면, 이 집 주인에겐 눈에 띄진 않지만 약간의 속마음이 없는 것도 아닙니다. 눈앞에서 사람들이 지껄이는 것을 알아듣지 못하다 보니 자연히 남을 못 미더워하는 성격이 되었지요. 엄숙하면서도 경계심 많은 저 태도는 거기서 오는 겁니다. 마치 인간들 사이에 무엇인가 원활치 못한 것이 있지는 않은지 의심하는 눈치거든요. 이러한 경향 때문에 그의 직업에 관계되지 않는 의논은 까다로워집니다. 가령 저 사람 머리 너머 안쪽 벽에, 저 직사각형의 공간을 보십시오. 물론 붙였던 그림을 떼어낸 자립니다. 사실 썩 재미있는 그림, 정말 걸작이라고 할 수 있는 그림 하나가 저기 걸려 있었답니다. 그런데 이 집 주인이 그걸 사들이는 것과 팔아버리는 것을 나는 목격했는데, 두 번 다 똑같이 미심쩍은 태도로 여러 주일이나 심사숙고한 뒤의 일이었습니다. 이 점에 관해서는 사회생활이 솔직 담백하던 저 사내의 천성을 좀 그르쳐버렸다는 걸 인정하지 않을 수 없습니다.

　나는 저 사람을 비평하는 게 아닙니다. 그의 경계심에는 그럴 만한 근거가 있다고 나는 생각하고, 보시다시피 마음을 털어놓고 남과 이야기하길 좋아하는 내 성미에 거슬리지만 않는다면 나도 쉽사리 저렇게 되었을 겁니다. 그런데 나는 그만 수다스러운 편이라 아무하고나 곧 친해집니다. 적당히 거리를 지킬 줄 알지만 기회만 있으면 놓치지 않습니다. 프랑스에서 살 때는 재치 있는 사람을 만나기만 하면 즉석 교제 불가피였답니다. 아아! 내 말투에 좀 놀라시는군요. 사실 나에게는 대체로 고상한 말을 쓰려는 약점이 있습니다. 나 스스로 그걸 자책하지 않는 바도 아닙니다. 고급 양말을 좋아한다고 해서 반드시 발이 더럽지는 않다는 건 나도 압니다. 하지만 고상한 말은 포플린 천처럼 피부병을 감추는 일이 허다하거든요. 어쨌든 말투가 서툴다고 해서 반드시 청정한 사람이라고는 할 수 없다고 생각하며 나는 자위하고 있습니다. 그건 그렇고, 진을 더 드십시다.

암스테르담에는 오래 머무르실 작정입니까? 아름다운 도시지요? 매혹적이라고요? 참 오래간만에 들어보는 형용사군요. 파리를 떠난 이후로 처음입니다. 벌써 여러 해가 지났습니다만, 마음이란 기억력이 강해서 그 아름다운 수도나 강변의 둑길들, 무엇 하나 잊어버리지 않고 있습니다. 파리는 그야말로 휘황한 눈홀림, 사백만의 환영(幻影)들이 살고 있는 으리으리한 무대장치지요. 최근 조사에 따르면 오백만이라고요? 아, 그럼 모두 어린애를 만들었군요. 그렇다고 놀랄 것도 없지요. 나는 우리 동향인들이 열광적으로 좋아하는 게 둘 있는데, 그건 바로 관념과 간음이라고 늘 생각했으니까요. 말하자면 덮어놓고 그걸 좋아하거든요. 그렇지만 그네들의 시비를 따지는 건 그만둡시다. 그들만 그런 것도 아니고 온 유럽이 그 모양인걸요. 가끔 나는 미래 역사가들이 우리를 뭐라고 평할 것인가 생각해봅니다만, 현대인에 대해선 한마디면 족할 겁니다. '당시의 인간은 간음을 하고 신문을 탐독했다.' 이렇게 명확한 정의를 내리고 나면 더 이야기할 거리가 없을 겁니다.

 네덜란드 사람들은 그렇지 않아서, 훨씬 덜 현대적입니다. 그들에겐 시간적 여유가 있습니다. 저 사람들 좀 보세요. 무엇을 하느냐고요? 저 사내 양반들은 저 여자들의 벌이로 살아가는 거죠. 저 패는 남자나 여자나 아주 속물들이라, 저런 부류가 항용 그러하듯 과장증에 걸리거나 우매한 탓에 이곳으로 온 겁니다. 결국 상상력 과잉 또는 결핍 때문이지요. 이따금 남자들은 단도나 피스톨을 쓰기도 하지만, 그런 일을 좋아하기 때문이라고 생각하진 마세요. 직분 때문에 그렇게 하지 않을 수 없을 뿐이어서, 마지막 탄환을 쏘아버리는 순간 공포심에 떨면서 죽습니다. 그런데 나는 가족끼리 야금야금 죽여버리는 사람들보다는 차라리 그들이 훨씬 도덕적이라고 생각해요. 우리 사회가 그런 종류의 청산을 위해 조직되어 있다는 생각을 해본 적은 없으십니까? 브라질의 강에 사는 조그만 어족(魚族) 이야기는 물론 들어보셨겠지요? 멋모르고 그 속에서 헤엄치는 사람에게 떼로 달려들어 쏙쏙 쪼아서 삽시간에 해골만 새하얗게 남겨놓는다는 물고기 이야기 말입니다. 저들의 사회란 바로 그런 것입니다. "청결하게 살기를 원하느냐, 모든 사람처럼?" 하고 물으면, 물론 "네" 하고 대답하지요. 어떻게 아니라고 할 수 있겠어요? "좋아. 너를 깨끗하게 처치해주마. 자, 직업이다, 가족이다, 정기 휴가다." 그러고는 조그만 이빨들이 살을 물어뜯어 나중엔 뼈만 남게 되거든요.

하지만 그렇게 말해선 공정하지 못하군요. 저들의 사회라고 말할 게 아니지요. 그건 결국 우리 사회의 조직이니까요. 누가 먼저 남을 청산하느냐?

이제야 주문한 진이 나왔습니다. 그럼 당신의 성공을 비는 의미로 한 잔. 네, 고릴라 녀석이 입을 벌리고 나를 선생이라고 부르는군요. 이 나라에서는 누구나 선생 아니면 교수라고 불립니다. 이 나라 사람들은 선량하고 겸손해서 남을 존경하기를 좋아하지요. 여기서는 적어도 악의가 국가적으로 제도화되어 있진 않습니다. 그런데 그건 어쨌든 나는 의사가 아닙니다. 알고 싶으시다면 얘기해드리죠. 이곳에 오기 전에 나는 변호사였답니다. 지금은 고해(告解) 판사예요.

자기소개를 해도 괜찮겠습니까? 용서하십시오. 이름은 장 바티스트 클라망스라고 합니다. 이렇게 알게 되어서 기쁩니다. 당신은 아마 실업가이신 것 같군요? 비슷하다고요? 참 좋은 대답입니다! 그럴듯한 대답이기도 하고요. 무슨 일에나 우리는 대체적인 것밖에 못 되니까요. 어디 탐정 노릇을 좀 해봐도 괜찮을까요? 당신은 대략 나와 동년배이고, 세상 물정을 두루 경험한 사십대의 분별 있는 눈을 가졌으며, 프랑스 사람들이 그러하듯 대체로 의젓한 몸차림이고 손은 매끈합니다. 그러니까 대체로 부르주아지요. 그렇지만 세련된 부르주아! 어떤 말투에 놀란다는 것은 사실 이중으로 당신의 교양을 증명하거든요. 첫째로 당신은 그런 말투를 알아듣는다는 것이고, 둘째로는 그것이 당신의 신경을 건드린다는 것이니까 말입니다. 끝으로 내 자랑은 아니지만 나를 재미있게 여기는 것으로 보아 당신은 마음이 너그러운 분 같습니다. 그러니까 당신은 대체로…… 그렇지만 그런 건 아무래도 괜찮습니다. 나에게는 직업보다 어떤 부류의 인간인가 하는 것이 더 흥미로우니까요. 두 가지 질문만 하게 해주십시오. 실례가 된다면 대답 안 하셔도 좋습니다. 당신은 재산을 가지셨습니까? 좀 있으시다고요? 그러면 그것을 가난한 사람들과 나누셨습니까? 아니라고요? 그렇다면 당신은 내가 사두개파*라고 부르는 사람의 하나군요. 당신이 성서를 애독하지 않는다면 짐작이 안 되시기도 하겠지만요. 짐작이 되시나요? 그럼 성서를 아시는군요? 당신은 참으로 재미있으십니다.

    나로 말하자면…… 아니, 당신 자신이 판단해보시지요. 키와 어깨, 그리고 흔히들 야성적이라고 하던 이 얼굴로 미루어 볼 때 나의 풍모는 차라리 럭비 선수같이 보이겠지요? 안 그렇습니까? 그렇지만 말투로 판단하자면 나에게서도 약간의 세련된 품격을 인정하지 않을 수 없을 겁니다. 내 외투에 털가죽을 제공해준 낙타는 아마 옴쟁이였을 테지만, 그 대신에 내 손톱은 깨끗이 다

---

* 바리새파의 엄격한 율격주의를 반대하고 부활과 영생, 천사와 영을 부인하던 현실주의적 교파

들어져 있어요. 나 역시 분별이 있습니다. 그러면서도 당신의 외모만 믿고 경솔하게 속내를 털어놓고 있습니다. 그런데 아무리 태도가 점잖고 말투가 고상하다고는 하지만 결국 나는 제지크(Zeedijk)의 선원들이 출입하는 바의 단골손님입니다. 뭐 더는 캐지 마시지요. 한마디로 나는 뒴뒴이와 마찬가지로 이중적인 직업을 가졌어요. 아까도 말했지만, 나는 회개한 판사입니다. 내 경우에서 한 가지 간단한 것은 재산이 없다는 사실입니다. 네, 옛날에는 부유했었지요. 아니, 가난한 사람들에게 아무것도 나누어주진 않았습니다. 그것은 무엇을 증명합니까? 나 역시 사두개파 교도였던 셈이지요······. 오오! 항구의 사이렌 소리가 들리세요? 오늘 밤엔 쥐더르제(Zuyderzee)에 안개가 낄 겁니다.

벌써 돌아가시렵니까? 너무 오래 계시게 한 것 같아 죄송합니다. 셈은 내가 치르도록 해주십시오. 멕시코시티에서는 내 집에 오신 거나 다름없습니다. 당신을 접대할 수 있어서 대단히 기쁩니다. 물론 내일도 다른 날 저녁과 마찬가지로 여기 있겠습니다. 청해주시면 감사히 응하겠습니다. 어떤 길로 가야 하느냐고요? 가만있자······그런데 제가 항구까지 바래다드리면 제일 간단하겠는데, 어떻습니까? 거기서 유대인 거리를 휘돌면, 꽃 장식을 한 전차들이 요란스레 지나가는 가로들이 보일 겁니다. 당신의 호텔은 그중 하나인 담락(Damrak) 거리에 있습니다. 먼저 나가세요. 나는 유대인 거리에 살고 있습니다. 다시 말하자면 히틀러 일파가 거기를 비우기까지는 그렇게 불리던 곳입니다. 이만 저만한 소제가 아니었지요! 유대인 칠만 오천 명이 추방되거나 학살됐으니, 그야말로 홀딱 쓸어버렸지요. 그처럼 빈틈없는 실천, 그러한 방법적 인내성이란 참 굉장하다고 생각해요. 성격이 꿋꿋하지 못한 경우엔 방법을 가져야 하지요. 하나의 방법이 이곳에서 맹위를 떨친 것은 논의할 나위가 없는 일로, 나는 말하자면 역사상 가장 큰 죄악의 하나가 저질러진 곳에 살고 있는 겁니다. 아마 그 덕분에 나는 그 고릴라와 그의 경계심을 이해할 수 있는가 봅니다. 그래서 또 어쩔 수 없이 동감으로 끌리는 내 성향에도 저항할 수 있는 겁니다. 새로운 얼굴을 만날 때마다 내 속에서 누군가가 경보를 울립니다. '위험하니 서행하라!' 지극히 공감할 때조차 나는 경계하게 되지요.

레지스탕스 운동가들에 대한 복수로서 내 고향인 조그만 마을에서 독일군 장교 하나가 무슨 일을 했는지 아세요? 어느 노파에게 인질로 삼아 총살할 테니 두 아들 중 하나를 선택하라고 정중히 말했어요. 선택하다니, 생각이나 할 수 있는 일입니까? 그 애는 안 되고 이 애로 하지, 그러고는 끌려가는 꼴을 봐야 합니다. 굳이 그 이야기를 강조하려는 건 아니지만, 사실 별의별 놀라운 일이 다 있을 수 있는 겁니다. 경계심이란 걸 거부하는 순결한 마음씨를 가진 사람 하나가 있었답니다. 그 사람은 평화주의자요 절대자유주의자라 온 인류와 짐승들을 한결같이 사랑했어요. 남달리 고결한 넋을 타고난 사람, 확실히 그랬지요. 그런데 종교전쟁 말기에 그는 은퇴해 시골에 살고 있었는데, 집 문간에다가 '어느 편이건 들어오시오, 환영합니다'라고 써놓았대요. 그 갸륵한 초청에 응한 것이 누구였다고 생각하십니까? 민병들이었어요. 그들은 마치 제 집처럼 들어가서 주인의 배창자를 긁어냈답니다.

아, 미안합니다, 마담! 프랑스 말이라 무슨 소린지 모르고 가는군요. 이렇게 늦은 밤에, 더구나 여러 날 동안 비가 멎지 않고 내리는데 모두 잘도 서성대는군요. 진이라는 놈이 있으니 다행이지요. 암흑 속 유일한 광명이지 뭡니까? 진을 마시고 나면 온몸에 금빛과 고동빛의 광채가 느껴지지 않으십니까? 나는 진에 취해서 밤거리를 거닐길 좋아합니다. 밤새도록 걸으면서 몽상하기도 하고 마음속으로 나 자신과 이야기를 나누기도 하지요. 오늘 밤처럼 말입니다. 내가 너무 지껄여대서 좀 얼떨떨하시겠지요. 그렇지도 않으신가요? 고맙습니다. 참 친절하시군요. 그런데 하고 싶은 이야기가 마음속에 너무 많아서 그렇답니다. 입만 열면 말이 흘러나오거든요. 게다가 이 나라 탓도 없지 않습니다. 나는 이 나라 사람들을 사랑합니다. 길에서 득실거리며 집들과 운하 사이의 좁은 공간에 틀어박혀 있는 그들, 안개와 차디찬 땅과 잿물처럼 김이 피어오르는 바다에 둘러싸여 있는 그들을 나는 사랑합니다만, 그건 그들의 존재가 이중적이기 때문입니다.

그들은 여기에 있으면서 딴 곳에 있는 겁니다.

정말 그렇습니다. 두툼한 포장도로를 걸어가는 그들의 무거운 발소리를 듣고, 금빛 청어며 가랑잎 빛깔의 보석이 가득 찬 가게들 사이를 육중한 걸음으로 지나가는 그들을 보면, 아마도 그들이 오늘 저녁 여기에 있다고 생각하실 겁니다. 당신 역시 다른 사람들과 마찬가지로 이 양반들도 무슨 요직에 있는 사람들이나 상인들의 족속이 모두 그렇듯이 골똘히 돈을 세면서 천국에 갈 기회를 꿈꾸고, 이따금 전 넓은 모자를 쓰고 해부학을 공부하는 일이 그들의 유일한 서정(抒情)일 거라고 생각하시겠지요? 그건 틀린 생각입니다. 그들이 우리 곁을 걷고 있는 건 사실입니다. 그렇지만 그들의 머리가 어디 있는지 보세요. 붉고 푸른 간판에서 흘러내리는 네온과 진과 박하의 안갯속에 있습니다. 네덜란드는 꿈이랍니다. 낮엔 더욱 연기에 묻히고 밤엔 더욱 금빛을 띠는, 황금과 연기의 꿈입니다. 그리고 이 꿈속에는 밤낮으로 이 사람들 같은 로엔그린*들이 살고 있습니다. 그들은 핸들이 높직한 검은 자전거를 타고 꿈을 꾸면서 달리는데, 그 불길한 흑조(黑鳥) 같은 자전거들은 바다 둘레로 운하를 따라 나라 안을 쉴 사이 없이 돌고 있지요. 그들은 구릿빛 구름 속에 머리를 박고 몽상에 잠겨 빙빙 돌아다니며, 안개의 금빛 향운(香雲) 속에

---

* 성배를 수호하는 기사로, 백조(白鳥)의 기사라고도 한다.

서 몽유병자처럼 기도를 드립니다. 그럴 적에 그들은 이미 이곳에 있지 않습니다. 몇천 킬로미터 멀리 떨어진 섬, 자바를 향해 출발한 겁니다. 그들은 쇼윈도마다 진열되어 있는, 얼굴을 찌푸린 인도네시아 신들에게 기도를 드립니다. 지금 우리 머리 위에 떠돌고 있는 그 신들은 또한 호사스러운 원숭이처럼 간판들과 층계 모양 지붕들에도 장식되고야 맙니다. 그리하여 향수를 억제하지 못하는 식민지 주민들에게 네덜란드는 상인들의 유럽일 뿐만 아니라 바다— 치팡고(Cipango)*로, 사람들이 열광과 행복에 취하여 죽어가는 저 섬들로 이끄는 바다이기도 하다는 것을 상기시켜줍니다.

이거 너무 이야기에 정신이 팔려서 변호사의 버릇이 나왔군요. 용서하십시오. 습관 때문입니다. 천직이랄까요. 또 이 도시, 그리고 만물의 중심을 잘 이해할 수 있게 해드리고자 하는 내 욕망 때문이기도 합니다. 우리는 지금 사물의 중심에 있으니까 말입니다. 동심원을 그리고 있는 암스테르담의 운하들이 지옥 둘레들과 흡사하다는 생각을 해보셨습니까? 물론 악몽으로 가득 찬 부르주아 지옥이지요. 외부에서 들어와 이 둘레들을 지남에 따라, 인생과 그에 따르는 죄악은 더욱 두텁고 어두워집니다. 지금 여기서 우리는 마지막 둘레 속에 들어 있는 겁니다. 이 둘레

---

* 일본을 가리킨다.

는…… 아아! 그걸 아세요? 당신은 정말 점점 더 분류하기가 어려워지는군요. 그럼 아시겠지요, 우리는 대륙 맨 끝에 있지만 이곳을 사물의 중심이라고 하는 까닭을. 민감한 사람은 기이한 일이라도 이해할 수 있습니다. 하여튼 신문 독자들, 간음 상습자들은 더는 갈 수 없어요. 그들은 유럽 각지에서 모여들어 내해(內海) 연안의 퇴색한 모래터에서 발길을 멈춥니다. 그들은 사이렌 소리에 귀를 기울이고 안개 속에서 헛되이 배 모습을 찾아보고는, 다시 운하들을 지나 비를 맞으며 되돌아갑니다. 추위에 떨며 그들은 멕시코시티로 와서 각국어로 진을 주문합니다. 거기서 나는 그들을 기다리고 있는 겁니다.

그러니까 내일 다시 뵙겠습니다. 아니, 이제는 돌아가는 길을 아실 겁니다. 저 다리목까지만 바래다드리지요. 나는 밤엔 절대로 다리를 건너지 않습니다. 맹세를 한 결과랍니다. 어쨌든 누군가가 물속에 몸을 던진다고 가정해보세요. 둘 중 하나죠. 쫓아가서 그 사람을 건져주든지─그렇지만 날씨도 춥고 하면 자칫 최악의 상황이 벌어질 수 있습니다. 또 하나는 내버려두든지─그렇지만 뛰어들려다가 말면 야릇하게 몸이 쑤시는 일도 있거든요. 안녕히 주무십시오. 네? 뭐라고요? 유리창 뒤에 저 여자들 말입니까? 꿈입니다. 싸구려로 살 수 있는 꿈, 인도 여행이에요. 저 패는 몸에 향료를 뿌리고 있어요. 들어가시면 커튼을 내립니다. 그리고 항해가 시작되지요. 신들이 나체 위에 내리고, 섬들이 흐

트러진 종려나무 머리털을 바람에 휘날리면서 미친 듯이 흘러갑니다. 한번 해보시지요.

고해 판사가 무슨 뜻이냐고요? 아아! 그 이야기에 궁금증을 느끼신 모양이로군요. 무슨 꽤 까다로운 뜻을 풍겼던 건 아닙니다. 좀 더 명확히 설명해드릴 수도 있지요. 어떤 의미로 그건 내 직무의 일부라고 할 수 있습니다. 그런데 먼저 몇 가지 사실을 알려드려야겠습니다. 그러면 내 이야기를 더 잘 이해하시게 될 겁니다.

 몇 년 전만 해도 나는 파리에서 변호사 노릇을 했습니다. 게다가 사실 상당히 이름난 변호사였답니다. 물론 어제 말씀드린 건 내 본명이 아닙니다. 나에게는 전문 분야가 있었는데, 바로 고상한 사건들이었지요. 과부와 고아에 관한 일을 왠지 그렇게 부르지 않습니까? 못된 과부들도 있고 사나운 고아들도 있는

데 말이에요. 하지만 피고가 조금이라도 희생당하는 것 같은 냄새만 맡으면 내 변호복 소매가 활동을 개시했습니다. 그것도 굉장한 활동이어서, 마치 폭풍 같았지요. 내 열의로 변호복 소매는 움직였던 겁니다. 참말로 밤마다 정의가 나와 잠자리를 같이 해주는 것 같았어요. 나의 정확한 어조, 적당한 감동, 변론의 설득력과 열성, 그리고 지그시 억누르면서 터뜨리는 분격 — 그러한 것들을 보셨더라면 당신도 틀림없이 감탄했을 겁니다. 체격도 본래 좋은 편이라 고결한 태도를 보이기는 전혀 어려운 일이 아니었습니다. 게다가 두 가지 성실한 감정이 나를 떠받치고 있었지요. 법정에서 내가 떳떳한 편에 서 있다는 만족감과, 일반적으로 재판관들에 대한 본능적 멸시감입니다. 따져보면 아마 그렇게 본능적인 것은 아니었을지도 모르겠습니다. 돌이켜보건대 거기에는 까닭이 있었던 것을 알 수 있습니다. 겉으로 보기에 그것은 차라리 정열과 비슷했어요. 적어도 지금으로서는 재판관이 필요하다는 건 부인할 수 없겠지요? 그렇지만 한 인간이 그렇게 놀라운 직무를 이행하겠노라고 자청한다는 것을 나는 이해할 수 없었습니다. 재판관이란 게 있으니까 나는 재판관을 인정하긴 했지요. 하지만 그건 메뚜기의 존재를 인정하는 것과 좀 비슷했습니다. 한 가지 다른 점이라면, 메뚜기는 아무리 몰려와도 나에게 동전 한 푼 이득이 없지만, 내가 멸시하는 사람들과 함께 이야기를 주고받음으로써 나는 생계를 유지했던 것입니다.

어쨌든 나는 떳떳한 편에 있었고, 그것만으로 양심의 평온함을 얻을 수 있었습니다. 자신의 정당성을 믿는 감정, 자기가 옳다고 생각하는 만족감, 스스로를 존경할 수 있는 기쁨 등은 인간을 분발하게 하거나 전진하게 하는 강한 원동력들입니다. 반대로 만약 그런 것들을 빼앗아버린다면, 인간은 침이나 질질 흘리는 강아지 새끼나 다름없어지고 말 것입니다. 자기에게 잘못이 있다는 걸 견딜 수 없어서, 다만 그러한 까닭만으로 범죄가 저질러지는 일이 얼마나 많습니까! 예전에 나는 어느 실업가를 알았는데, 그의 아내는 나무랄 데 없는 여자라 모든 사람에게 칭송을 받았건만, 그는 아내를 속이고 있었어요. 그 사나이는 자기가 옳지 못하며, 미덕의 면허장을 받을 수도 없고 제 손으로 만들어 가질 수도 없어서 말 그대로 속이 탔습니다. 아내가 완전함을 보일수록 속이 타서 견딜 수가 없었지요. 그래서 결국 어떻게 했는지 아십니까? 아내를 속이길 그만두었을까요? 천만에……아내를 죽여버렸답니다. 그러한 일로 나는 그를 변호하게 되었답니다.

  내 처지는 더욱 부러워할 만한 것이었지요. 범죄자들 편에 한몫 낄 위험성이 나에게는 없었을 뿐만 아니라(특히 나는 독신이었으니까 아내를 죽일 염려는 전혀 없었고), 그들을 변호하고 있었으니 말입니다. 야만인에도 어엿한 야만인이 있듯이, 그들이 어엿한 범죄자이기만 해도 언제나 나는 변호를 했습니다. 그리고 그 변호 방법 자체가 나에게 큰 만족감을 주었지요. 직업 생활에서 나는 정말이지 털끝만치라도 비난받을 만한 점이 없었습니다. 절대로 뇌물을 받지 않는 것은 물론이거니와, 무슨 부탁에 못 견디는 일도 결코 없었습니다. 더욱 드문 일이겠지만, 신문기자들의 호감을 사려고 비위를 맞춘다거나 잘 사귀어두면 유리할 관리에게 아첨하는 일도 없었습니다. 레지옹도뇌르훈장을 탈 만한 기회도 두서너 차례 있었지만, 태를 부리지 않고 의젓하게 거절했지요. 그러한 태도에서 진정한 포상을 받을 수 있으리라고 생각했기 때문입니다. 그리고 가난한 사람들에게서는 돈을 한 푼도 안 받았고, 그것을 남들에게 공포하지도 않았습니다. 이러한 모든 얘기를 내가 자랑삼아 한다고는 생각지 마세요. 나의 공덕이랄 것은 조금도 없었으니까요. 우리 사회에서 야망을 대신하고 있는 탐욕이라는 것을 나는 언제나 웃음거리로밖에 생각하지 않았습니다. 내 목표는 더 높은 데 있었어요. 나에 관해서는 이 말이 옳다는 걸 아시게 될 겁니다.

아무튼 내 만족감이 어떠했겠는가 생각해보십시오. 나는 내 천성을 마음껏 즐기고 있었습니다. 우리는 서로 양심의 거리낌을 가라앉히려고 이따금 그러한 즐거움을 에고이즘이라며 못마땅하게 여기는 체하지만, 그것이야말로 행복임을 우리는 알고 있습니다. 나는 적어도 과부와 고아에게 반응하는 내 천성의 일부를 즐기고 있었지요. 반응은 지극히 정확해서 내 천성의 일부가 백방으로 발휘되고 마침내 생활 전체를 지배하게 되었습니다. 예컨대 나는 소경들이 길을 건너는 것을 도와주길 좋아했습니다. 길모퉁이에서 망설이는 지팡이가 눈에 띄기만 하면 아무리 멀더라도 황급히 달려갔는데, 때로는 이미 자비로운 손을 내밀고 있는 다른 사람보다 일 초라도 먼저 다가가 나 아닌 다른 모든 사람의 친절에서 소경을 빼앗아가지고는 부드럽고 든든한 손길로 횡단보도로 안내하여, 교통 장애물을 피해 안전지대로 인도해주곤 했지요. 그리고 서로 감격해서 헤어지는 것이었어요. 그와 마찬가지로 거리에서 통행인들에게 길을 가르쳐주고, 담뱃불을 빌려주고, 짐을 너무 무겁게 실은 수레에 힘을 보태주고, 펑크 난 자동차를 밀어주고, 여자 구세군에게서 신문을 사거나 몽파르나스 묘지에서 훔쳐 온 것인 줄 뻔히 알면서도 노파에게서는 꽃을 사는 일 따위를 나는 언제나 좋아했습니다. 나는 또―아, 이건 더욱 말씀드리기 어려운 일인데―동냥 주기를 좋아했습니다. 독실한 크리스천인 나의 한 친구는 거지가 자기 집으로 가까이 오는 걸 볼 때 언뜻 느껴지는 첫 감정은 불쾌감이라고 고백했지만, 나는 더 심한 편이었어요. 기뻐서 어쩔 줄을 몰랐거든요. 이 이야기는 그만해둡시다.

차라리 나의 친절에 관한 이야기를 하지요. 그러한 내 성질은 유명했고 의논할 나위도 없었습니다. 예의를 갖춘다는 것이 사실 내게는 크나큰 기쁨을 주었지요. 어쩌다가 아침에 버스나 지하철에서 분명히 자리를 양보해야 마땅한 사람에게 자리를 내어주거나, 어떤 노파가 떨어뜨린 물건을 집을 때면 매양 하던 것처럼 상냥스럽게 웃음 지으며 돌려주거나, 또는 그저 나보다 더 급한 사람에게 택시를 양보하거나 할 기회가 생기면 그날 하루가 종일토록 빛나곤 했습니다. 교통기관 파업으로 집에 돌아가지 못하고 있는 가련한 몇몇 시민들을 버스 정류장에서 내 차에 태워줄 수 있는 날이면 역시 즐거웠다는 것도 말씀드려야겠군요. 그리고 극장에서 함께 온 남녀가 나란히 앉을 수 있도록 내 자리에서 물러나주거나, 여행 중에 젊은 아가씨의 트렁크를 그녀의 손이 미치지 않는 높은 선반에 올려놓아주는 일 따위는 다른 사람들보다 내가 자주 하던 선행이지요. 왜냐하면 나는 그런 일을 할 수 있는 기회에 남달리 주의를 기울였고, 또 그런 일을 함으로써 남보다 더 큰 즐거움을 맛보곤 했으니까요.

나는 또 인심이 후하기로 유명했고, 사실 그랬습니다. 공적으로나 사적으로나 남에게 많이 주었습니다. 어떤 물품이든 얼마만큼 금액을 내놓아야 할 때는 마음이 괴롭기는커녕 언제나 기뻤어요. 때로는 아무리 희사해보았자 소용없을 테고 아마 남는 것이라곤 배은망덕밖에 없으리라는 생각이 들면 일종의 우울함이 느껴지기도 했지만, 그런 우울함마저 적지 않은 즐거움이었답니다. 뿐만 아니라 주기를 어찌나 좋아했는지, 나는 피치 못해 준다는 걸 몹시 싫어했습니다. 금전 문제에서 분명한 태도란

나로서는 아주 질색이어서, 그렇게 해야 할 때면 늘 불쾌했어요. 나는 제멋대로 혜사(惠賜)할 수 있어야 마음이 편했습니다.

이런 일들은 사소하지만, 이런 이야기를 들으시면 내가 일상생활, 특히 내 직무에서 언제나 얻을 수 있는 즐거움이 어떤 것이었는지 이해하실 수 있을 겁니다. 예를 들면 재판소 복도에서 정의감이나 동정심만으로, 다시 말해 무료로 변호해준 피고의 아내에게 붙잡혀 뭐라고 감사해야 좋을지 모르겠노라는 말을 들을 때, 그건 매우 당연한 일이며 누구든 그만한 일을 했으리라고 대답하고 앞으로 고생을 이겨나가도록 조력할 것을 약속하고 나서, 지나친 감격의 토로를 제지하면서 알맞은 감명을 지닐 수 있도록 가련한 여자의 손에 입을 맞춰주고 끊어버린다는 것은 정말이지 범속한 야망보다 더욱 높은 곳에 도달하는 것이요, 미덕이 스스로 배양되는 절정까지 올라가는 것입니다.

이 높은 꼭대기에 대해 말씀을 좀 드리지요. 내게는 더 높은 목표가 있었다고 한 말의 뜻을 이제 아셨겠지요. 그런 절정을 말했던 겁니다. 그런 곳만이 내가 살 수 있는 유일한 장소입니다. 그래요, 높은 위치에 있지 않으면 나는 결코 마음이 편하질 않습니다. 내게는 일상생활의 사소한 일에 이르기까지 높은 데 있고자 하는 욕망이 있었습니다. 지하철보다 버스를, 택시보다 마차를, 중이층(中二層)보다 테라스를 나는 더 좋아했어요. 머리를 공중에 드러내고 타는 스포츠용 비행기 애호가이기도 했고, 배를 타면 언제나 높직한 뒤쪽 갑판을 서성대는 버릇이 있었지요. 산에서는 틈에 낀 골짜기를 피해 봉우리나 고원으로 올라갔습니다. 적어도 준평원이 아니면 싫었어요. 만약 운명이 나로 하여금 기계 직공이나 지붕 잇는 일꾼 같은 노동자 직업을 선택하지 않을 수 없게 했더라면, 여부가 있겠습니까. 나는 지붕을 택해 현기증과 친히 사귀었을 겁니다. 선창, 배 밑바닥, 지하실, 동굴, 구렁텅이 같은 것들은 질색이었습니다. 동굴학자들에게는 특별한 증오심까지 품고 있었지요. 그들은 뻔뻔스럽게도 신문 일 면을 차지하지만, 그따위 기사에는 구역질이 났습니다. 기를 쓰고 지하 팔백 미터 해저로 내려가서 바위투성이 계곡에다가 (그 주책없는 작자들의 말로는 사이펀이라든가!) 머리통이 틀어박힐 것이 뻔한 도박을 하는 건, 나에게는 타락했거나 성격이 병적인 사람이나 할 짓으로밖에는 보이지 않았습니다. 거기엔 범죄가 깃들어 있는 것만 같았어요.

그와 반대로 해발 오륙백 미터쯤 되는 자연의 발코니, 일광을 듬뿍 받은 바다가 보이는 그러한 곳이 내게는 호흡하기 가장 좋은 곳이었습니다. 특히 혼자서 개미 떼 같은 인간들을 내려다볼 적에는 더구나 그러했지요. 설교, 오묘한 강설, 불꽃의 기적 같은 것들이 오를 수 있을 만한 산 위에서 이루어진 까닭을 나는 쉽사리 이해할 수 있었습니다. 내 생각에 지하실이나 감옥 독방은 (높은 탑에 있어서 시야가 트였다면 다른 문제지만, 그렇지 않고서는) 명상을 할 수 없는 곳이었습니다. 그런 데서는 곰팡이가 슬어버릴 것 같았어요. 자기 독방이 기대했던 것처럼 광대한 전망으로 향해 있지 않고 벽으로 막혀 있다고 해서, 모처럼 수도회에 들어갔다가 환속(還俗)해버린 사나이의 심정도 이해할 수 있었습니다. 나에 관해서는, 두말할 나위 없이 곰팡이가 슬지는 않았습니다. 하루의 어느 때나, 내 마음속에서나 다른 사람들 사이에서 나는 높은 곳으로 올라가 환하게 불을 켜놓았답니다. 그러면 즐거운 찬양이 나를 향해 떠오르곤 했습니다. 그렇게 해서 적어도 나는 내 인생과 나 자신의 우월성에 기쁨을 느끼고 있었던 것입니다.

내 직업은 다행스럽게도 정상에 오르기를 좋아하는 내 천성을 만족시켜주었습니다. 직업 덕분에 이웃 사람에게는 도통 신세를 지는 일 없이 늘 친절을 베풀어주는 편이라 그들에 대한 불쾌감도 없었습니다. 내 직업은 나를 판사와 피고 위에 서게 하여, 오히려 내가 판사를 재판하고 그로 하여금 나에게 감사하지 않을 수 없게 했지요. 그러한 점을 잘 생각해보십시오. 나는 벌받지 않고 살고 있었습니다. 어떠한 판결과도 관련되지 않았으니까 나는 재판정 무대 위가 아니라 천장 어느 곳에 있었던 겁니다. 마치 극 중에 이따금 기계장치로 내려져 줄거리에 변화를 일으키고 뜻을 부여하는 신(神)과도 같았지요. 어쨌든 높은 데서 산다는 것은 가장 많은 사람들에게 우러러보이고 존경받는 유일한 방법임에 틀림없습니다.

내가 변호한 범죄자들 가운데 몇몇은 그 같은 감정으로 살인을 했습니다. 그들이 놓여 있던 비참한 지경에서는 신문을 읽는다는 것이 아마도 일종의 불행한 야망의 충족을 초래했던 모양입니다. 많은 사람들이 그러하듯, 그들은 이름 없는 자기 존재를 견딜 수 없어서, 그러한 불만이 어느 정도 그들을 비통한 결과로 몰아넣었을 것입니다. 유명해지려면 자기가 사는 집의 문지기를 죽이기만 하면 되거든요. 그렇지만 불행히도 그러한 명성은 일시적인 것에 지나지 않습니다. 비수를 맞을 만하고, 또 실제로 비수를 맞는 문지기는 수두룩하니까요. 범죄 자체는 끊임없이 무대 전면을 차지하지만, 범죄자는 잠깐 얼굴을 나타냈다가 금세 교체되고 맙니다. 게다가 그러한 순식간의 승리는 비싼 대가를 치러야 합니다. 반대로 명성을 동경하는 불행한 사람들을 변호할 때는 그들과 같은 시간과 장소에서 진정한 명성을 얻게 되는데, 그 방법도 훨씬 경제적이지요. 그렇기 때문에 나는 또 그들이 되도록 대가를 덜 치르도록 갸륵한 노력을 전개했던 겁니다. 그들이 치르는 것은 얼마만큼은 나 대신 치르는 것이라고 할 수 있었으니까요. 반면에 내가 소비하는 격분과 재능과 감동이 그들에 대한 모든 부채를 청산해주었습니다. 판사들은 벌을 주고 피고들은 죄를 갚고 있었지만, 나는 아무런 의무에 얽매이지 않은 채 판결도 제재도 모면하고 자유로이 에덴동산 같은 빛 가운데 군림할 수 있었던 것입니다.

직결(直結)된 인생, 이것이야말로 사실 에덴동산이 아니고 무엇이겠습니까? 내 인생이 그랬습니다. 나는 사는 것을 배울 필요는 전혀 없었습니다. 이 점에 관해서는 모든 것을 태어나면서부터 이미 알고 있었습니다. 인간들에게서 도피하느냐, 아니면 적어도 인간들과 화해하고 지내느냐 하는 것을 문제 삼는 사람들이 있습니다만, 나로서는 애초부터 화해가 되어 있었습니다. 필요한 때에는 친근한 태도를 보이고, 경우에 따라서는 침묵을 지키고, 경쾌한 태도를 취할 줄도 알고, 엄숙한 태도를 취할 줄도 알고, 나는 거침없이 어울릴 수 있었어요. 따라서 내 인기는 대단하고, 세상에서 나의 성공은 이루 헤아릴 수 없었습니다. 풍채도 좋고, 피로를 모르는 댄스의 명수인 동시에 의젓한 학자로 행세할 수 있고, 별로 쉬운 일이 아니지만 여자와 정의를 동시에 사랑할 수 있고, 스포츠도 하지만 미술에도 조예가 있고, 요컨대…… 이쯤 해두겠습니다. 자기도취에 빠졌다고 오해를 받아서는 안 되니까요. 그렇지만 상상해보십시오. 한창 나이에 완전한 건강체요, 재능이 풍부하고, 신체 활동에나 지능 활동에 모두 능란하고, 부자는 아니지만 가난하지도 않고, 잠도 잘 자고, 자기 자신에 지극히 만족하면서도 원만한 사교를 통해서가 아니면 그걸 남에게 드러내지 않는 남자, 이만하면 성공한 인생이라고 해도 자화자찬이 아니라는 것을 인정하시겠지요.

그렇습니다. 나처럼 자연적인 사람도 드물었습니다. 나는 완전히 인생과 일치했었고, 인생의 아이러니, 그 위대함과 비참함을 조금도 거부하지 않고 있는 그대로의 인생을 송두리째 받아들이고 있었습니다. 특히 육체며 물질, 한마디로 형이하의 것으로 말하자면, 연애나 고독에 있어서 그것은 많은 사람들을 당황케 하고 낙망케 하지만, 나에게는 조금도 구속감을 일으키지 않고 한결같은 기쁨을 가져다주었답니다. 나는 육체를 향유하도록 태어났었습니다. 그래서 나에게는 조화로움과 자재로운 억제력이 있었고, 그것을 사람들이 느끼고, 그것이 그들이 살아가는 데 도움이 된다는 말도 이따금 들었습니다. 그러니까 사람들은 나와 교제하기를 원했었지요. 가령 나와 초면인 사람들도 흔히 나를 전에 만난 적이 있는 것 같다고 했어요. 인생이— 인물들과 인생이 줄 수 있는 모든 것이 나를 맞아주었던 것입니다. 나는 온후한 자부심으로 그러한 영예를 받아들였습니다. 사실, 그토록 충만하고 순박하게 인간 노릇을 하노라니, 어쩐지 초인이 된 듯한 느낌이었습니다.

  나는 부끄럽지 않은 집안에서 태어나긴 했지만 천하에 알려진 문벌은 아닙니다(내 아버지는 장교였습니다). 그런데 교만한 생각 없이 고백할 수 있지만, 어느 날 아침 같은 때는 나 자신이 왕자인 듯한, 또는 타오르는 가시덤불〔모세 앞에 불덩어리가 되어 나타난 신〕인 듯한 느낌이 들곤 했지요. 그건 어느 누구보다 내가 현명하다는 확신과는 다른 것이었다는 점을 주목하십시오. 그러한 확신이란 수많은 바보들도 갖는 것이어서, 가져봤자 별수 없으니까요. 그런 게 아니라, 말씀드리기 난처합니다만, 무엇에나 충족하여 나는 택함을 받은 자라는 생각이 들었던 겁니다. 모든 사람 가운데 끊임없는 긴 성공을 거둘 수 있도록 선택받은 몸이란 의식이었어요. 그것은 결국 내 겸양의 결과였지요. 나는 그러한 성공이 단지 내 재능에 기인한다고 생각하기를 거부했습니다. 한 사람 안에 그토록 다방면에 걸친 너무나 큰 재질이 융합되어 있다는 사실을 단순한 우연의 결과만으로는 생각할 수 없었던 것입니다. 그렇기 때문에 나는 행복하게 살면서, 어쩐지 그 행복이 어떤 지상명령(至上命令)으로서 내게 허용되었다는 느낌을 가졌어요. 내게 종교가 없었다는 이야기를 들으시면 그러한 확신이 특이한 것임을 더 잘 아시게 될 겁니다. 특이하든 안 하든 그 확신이 나를 오래도록 평범한 일상생활 위로 끌어올려주어, 나는 여러 해 동안 말 그대로 하늘 높이 날 수 있었고, 사실은 지금도 마음속으로 그때가 그립습니다. 그렇게 날기를 그날 밤까지……. 아니, 이건 다른 문제이고, 잊어버려야 할 일입니다. 그런데 내 이야기는 좀 과장되었는지도 모릅니다. 내가 모든 일에 안락했던 건 사실이지만, 동시에 무슨 일에도 만족하진 못했나 봐요. 어떤 즐거움을 맛보면 그것이 또 다른 즐거움을 찾게 했지요. 나는 환락에서 환락으로 헤매고 다녔어요. 인간들과 인생에 더더욱 열광해서 여러 날 밤 계속 춤을 춘 적도 있습니다. 때로는 그러한 늦은 밤에 춤과 가벼운 술기운과 나의 광란과 사람들의 격렬한 도취로 피곤과 충족감이 뒤섞인 황홀경에 빠지면, 피로의 끝에서, 일순간, 마침내 나는 인간들과 세계의 비밀을 알게 된 듯한 생각이 들곤 했어요. 그러나 이튿날이면 피로가 사라지고 그와 함께 비밀도 사라져버렸습니다. 그래서 나는 다시금 그런 일로 뛰어들곤 했지요. 그렇게 나는 충족감은 얻어도 포만감은 느껴보지 못하면서, 어디서 멈춰야 할지 모르고 그날까지, 차라리 음악도 그치고 빛도 꺼져버린 그날 밤까지 헤매었던 것입니다. 내가 행복해하던 그 환락은……. 그런데 저 고릴라 친구를 좀 불러야겠습니다. 인사하는 셈 치고 머리나 끄덕여주시지요. 그리고 무엇보다 나와 함께 마셔주시지요. 내게는 당신의 동정이 필요합니다.

 이런 말을 해서 놀라시는군요. 문득 동정, 원조, 우정 따위의 필요를 느껴본 적은 없으십니까? 물론 있었겠지요. 나는 동정으로 만족하기로 했습니다. 동정은 더 쉽게 얻을 수 있고, 게다가 아무런 구속도 하지 않습니다. "진심으로 동정합니다" 어쩌고 하지만, 내심으로는 곧 "그럼 이제 다른 일에 관한 이야기를 합시다" 하고 말하거든요. 의장 투의 감정이지요. 재난 뒤에는 헐값으로 얻을 수 있는 겁니다. 우정은 그렇게 간단하지 않습니다. 우정을 얻자면 시간이 오래 걸리고 힘도 드는데, 일단 갖게 되면 떨쳐버릴 수 없는 노릇이라 마주 대하고 있을 수밖에 없단 말입니다. 더구나 친구란─응당 그래야 할 것처럼─당신이 자살할 결심을 하지나 않았는지, 또는 그저 말벗이 필요하지 않은지, 외출하고 싶은 생각이 없는지 알아보려고 밤마다 전화를 거는 것이라고는 생각지 마세요. 오히려 친구라는 작자들이 전화를 한다면, 틀림없이 당신이 혼자가 아니고 인생이 아름답다고 여겨지는 그런 날 밤일 것입니다. 자살 역시 차라리 친구들이 그렇게 하도록 만들 겁니다. 당신으로서 양심상 취할 바 태도가 이러니 저러니 하는 그들의 생각으로서 말입니다. 하느님, 제발 친구 녀석들에게서 과대평가를 받는 일이 없게 하여주소서! 우리를 사랑하는 직분을 가진 사람들, 말하자면 친척들이나 일가 동족들(굉장한 표현이 아닙니까!), 그런 사람들은 또 그네들대로 골치가 아프지요. 그들은 제각기 할 말이 있는데, 차라리 그 말들은 탄환이에요. 그들의 전화는 소총을 쏘는 거나 마찬가집니다. 게다가 겨냥도 정확하거든요. 아아! 시시한 놈들!

　네? 뭐라고요? 어느 날 밤 말입니까? 아! 그 이야기를 이제 하겠습니다. 좀 기다려주세요. 그리고 지금 내가 하고 있는 친구며 동족의 이야기도 어떤 의미로는 그 이야기와 관계가 있는 겁니다. 이런 이야기가 있습니다. 어떤 남자가 말이지요, 자기 친구가 감옥살이를 하게 되자 사랑하는 친구가 빼앗겨버린 안락을 자기도 누리지 않으려고 매일 밤 방바닥에서 잠을 잤다는 거예요. 그런데 여보세요, 누가 우리를 위해 땅바닥에서 잠을 자주겠습니까? 나 자신은 그렇게 할 수 있겠느냐고요? 나는 그렇게 할 수 있기를 바랍니다. 그렇게 될 수 있을 겁니다. 그렇습니다. 우리 모두가 장차 그렇게 될 날이 있을 거예요. 그러면 구원받게 되겠지요. 그렇지만 그건 쉬운 일이 아닙니다. 왜냐하면 우정이란 방심하기 일쑤요, 적어도 무력한 것이니까요. 우정은 자기가 하고 싶은 일을 하지 못합니다. 아마 결국 그렇게 하고 싶다는 생각이 우정에는 부족한지도 모르지요. 인생을 사랑하는 마음이 우리에겐 부족한지도 모릅니다. 죽음만이 우리 감정을 깨우쳐준다는 사실을 주목한 적이 있으십니까? 사별한 친구를 우리는 얼마나 사랑합니까? 안 그래요? 입에 흙이 가득 차서 이야기를 하지 못하게 된 스승들을 우리는 얼마나 찬탄합니까? 그때는 찬사가, 그들이 아마도 일생 동안 우리 입에서 나오기를 기다리던 찬사가 매우 자연스럽게 흘러나오게 됩니다. 그런데 왜 우리가 죽은 사람들에 대해서 더 정당하고 관대한지 아십니까? 이유는 간단합니다. 죽은 사람에 대해서는 의무가 없기 때문입니다. 죽은 사람들은 우리의 자유를 구속하지 않습니다. 얼마든지 시간의 여유를 가질 수 있고, 칵테일을 한 잔 마시고 어여쁜 애인과 만나고 하는 사이에 틈을 타서, 말하자면 여가가 있을 때 찬사를 드리면 그만입니다. 죽은 사람들이 우리에게 무슨 의무를 짊어지운다면, 그건 추억을 요구하는 일일 텐데, 우리 기억력은 짧거든요. 그러니 친구들 속에 우리가 사랑하는 것은 갓 죽은 고인, 마음속에 고통을 주고 있는 고인뿐으로서, 결국 그건 우리의 감동을 사랑하는 것이요, 우리 자신을 사랑하는 거예요!

 내 편에서는 되도록이면 만나기를 피하던 친구가 하나 있었습니다. 좀 갑갑한 데다가 훈계조의 말버릇이 있는 녀석이었어요. 그렇지만 임종 때에는 나를 만날 수 있었답니다. 하루를 나는 헛되이 보내지 않은 셈이지요. 그 친구는 내게 만족하여, 나의 두 손을 잡고 죽었습니다. 또 나를 귀찮게 따라다녔지만 뜻을 이루지 못한 여자 하나가 마침 요절해버린 일이 있었지요. 그러자 당장에 그 여자가 내 마음을 차지하더라니까요. 게다가 자살이라면…… 아, 그 얼마나 달콤한 소동이겠습니까! 전화통이 울리고, 가슴이 벅차고, 말은 일부러 짤막하게 하지만 언외로 풍기는 뜻이 이만저만하지 않고, 아픈 가슴을 지그시 누르면서 약간의 자책감마저 느끼거든요!

 인간이란 그런 겁니다. 두 가지 면이 있어요. 자기 자신을 사랑하지 않고는 남을 사랑하지 못한단 말이에요. 당신이 사는 아파트에서 갑자기 사람이 죽는 일이 있거들랑 이웃 사람들을 관찰해보십시오. 모두 그저 그럭저럭 살아가며 깊이 잠든 무렵 갑자기 문지기가 죽었다고 칩시다. 그러면 모두가 당장 부랴부랴 눈을 뜨고 펄쩍 뛰면서, 영문을 알아보고 가여워하지요. 초상이 났으니 이제는 구경거리가 생긴 겁니다. 그들은 비극에 굶주리고 있으니 그럴 수밖에 없지요. 그게 그들의 자그마한 감격, 그들의 아페리티프*니까요. 그런데 내가 문지기 이야기를 하는 건 우연에 지나지 않을까요? 내게도 문지기 하나가 있었는데, 그 녀석은 정말 못돼먹은 놈이어서, 엉큼하기 짝이 없고, 아무리 신앙심이 깊은 수도사라도 실망시켰을 만큼 하잘것없는 데다가 심술궂은, 그야말로 흉측한 괴물이었지요. 나는 그 녀석과 말도 하지 않게 되었습니다. 그 녀석이 세상에 있다는 사실만으로도 내 하루하루의 만족감이 파괴되는 것이었어요. 그런데 그 녀석이 죽어버리자, 나는 장지까지 갔었답니다. 왜 그랬겠습니까?

장례식이 있기 전 이틀 동안이 퍽 흥미로웠습니다. 문지기의 마누라는 병이 들어 하나밖에 없는 방에 누워 있고, 그 곁 받침판 위에 시체가 담긴 궤짝이 놓여 있었습니다. 주민들은 편지를 손수 가지러 가야만 했기에 문을 열고 "안녕하십니까" 하고 말한 다음, 마누라가 고인을 손으로 가리키면서 늘어놓는 칭찬을 듣고 나서야 편지를 들고 나오는 것이었어요. 아무런 재미도 없는 일 아니겠습니까? 그런데 아파트 사람들이 죄다 페놀 냄새가 풍기는 그 문지기네 방 안에 꼬리를 이어 드나들었답니다. 그 집에 들어 있던 사람들은 하인을 보내지 않고 자신들이 직접 그 귀한 구경을 하러 몰려들었지요. 하인들도 기회를 놓치지 않고 슬그머니 와서 기웃거렸지요. 매장하던 날 궤짝이 너무 커서 방문

---

* 식욕을 증진하기 위해 식사 전에 마시는 술

을 나갈 수 없을 지경이었어요. 문지기 마누라는 침대에 누워서, 대견하기도 하고 걱정스럽기도 한 눈치로 놀라서 소리를 질렀지요. "어머나, 그 양반이 크기도 했어!" "염려 맙쇼. 모로 세워서 들어낼 테니까요" 하고 우두머리 상여꾼이 대답을 했죠. 궤짝을 세워서 들어내다가 다시 눕혔습니다. 묘지까지 가서 놀라우리만큼 으리으리한 관 위에 꽃을 던져준 사람은 나 혼자뿐이었어요. (하긴 카바레의 심부름꾼 노릇을 한 적 있는 사내 하나와 동행이었군요. 그 녀석이 죽은 이와 둘이서 매일 저녁 한잔 마시곤 했다는 걸 나는 알았지요.) 그러고는 문지기 마누라를 방문해 비극의 주인공에게서 치사를 받았습니다. 그 모든 일에 무슨 이유가 있었겠습니까? 아페리티프란 것 말고는 아무 이유도 없었지요.

변호사회에서 예전부터 같이 일해오던 사람의 장례식에 참석한 일도 있습니다. 남들에게 퍽 멸시를 받던 서기였는데, 나는 언제나 그에게 악수를 해주곤 했지요. 내가 일하던 곳에서 나는 모든 사람과 악수를 했으니까요. 그것도 한 번이 아니라 두 번씩 말입니다. 그러한 상냥스럽고 담담한 태도 덕분에 나는 쉽사리 모든 사람의 호감을 살 수 있었는데, 이 호감은 내 기쁨에 필요한 것이었습니다. 서기의 장례식으로 말하자면, 변호사회 회장이 그런 데 참석한 일은 없었어요. 나는 여행을 떠나기 전날이었지만 참석했지요. 그래서 더 주의를 끌었어요. 아닌 게 아니라 내가 참석하면 사람들의 주목을 받게 되어 호의적인 평판이 자자하리라는 걸 나는 알고 있었던 거예요. 그러니 그날 눈이 내리는데도 나는 서슴지 않았던 거랍니다.

뭐라고요? 이제 곧 하겠습니다. 걱정 마세요. 지금도 그 이야기를 하고 있는 셈입니다. 그런데 그 문지기 마누라가 말입니다, 슬픔을 더 잘 맛보려고 십자가를 만들고, 번들번들한 참나무 관을 만들고, 돈을 마구 뿌리다시피 하여 그만 파산을 하고 만 그 마누라가, 한 달이 지나자 목청 좋은 어느 멋쟁이 놈과 붙어버렸어요. 사내 녀석이 계집을 두드려 패면 처참한 아우성이 들렸고, 싸움이 끝나면 곧 사내가 창문을 열고 애창곡인 〈로망스〉를 불렀지요. "여자들이여, 그대들 귀엽더라!" 이웃 사람들은 "저런!" 하고 말했답니다. 저런이라니, 뭣이 어쨌단 말입니까? 어쨌든 보기에 그 바리톤 녀석은 마땅치 못했고 문지기 마누라 역시 마찬가지였지만, 그들이 서로 사랑하지 않았다고 증명하는 건 아무것도 없고, 문지기 마누라가 자기 남편을 사랑하지 않았다는 증거도 없습니다. 좌우간 멋쟁이 녀석이 목소리도 팔도 지쳐서 달아나버리자, 마누라는 정숙하게 다시 고인을 칭찬하기 시작했답니다. 하긴 언뜻 얌전해 보여도 실상은 그 마누라보다 더 충실할 것도 없는 사람들을 나는 알고 있습니다. 이십 년 동안이나 주책바가지 계집과 산 남자가 있었습니다. 그 남자는 우정이며, 노력이며, 단정한 생활이며, 모든 것을 그 여자를 위해서 희생했는데, 어느 날 저녁 문득 자기는 아내를 사랑한 일이 없다는 걸 깨달았어요. 간단히 말해서 싫증이 났던 겁니다. 대부분 사람들처럼 싫증이 났던 거예요. 그래서 그는 인생을 복잡스럽게 비극적인 것으로 완전히 개작해버렸답니다. 무슨 일이든지 일어나야만 한다는 생각, 이것이야말로 인간의 대부분의 결단을 설명해주는 겁니다. 무슨 일이든지 일어나야만 합니다. 사랑 없는 예속이라도, 또는 죽음이라도. 그러니 장례식도 대환영이지요.

그런데 나에게는 적어도 그러한 변명이 있을 수 없었답니다. 나는 군림하고 있었으므로 싫증이 나지는 않았어요. 내가 이야기하려는 그날 밤에는 유달리 싫증이 느껴지지 않았다고까지 말할 수 있습니다. 정말 나는 무엇인가 일어나기를 바라지는 않았습니다. 그랬건만……. 그것은 어느 가을날 저녁이었어요. 거리는 아직 훈훈하고 센강변은 벌써 축축했습니다. 밤이 다가오고 있어, 서쪽 하늘은 아직 밝았지만 차츰 어두워가고 등불들이 희미하게 비치고 있었습니다. 나는 강 왼쪽 기슭을 따라 퐁데자르 쪽으로 거슬러 올라가고 있었지요. 헌책방 상인들의 닫힌 궤짝들 사이로 강물이 번쩍이는 것이 보였어요. 둑길에는 인기척이 별로 없었습니다. 파리 사람들은 벌써 저녁 식사를 하고 있었던 겁니다. 나는 아직 여름을 연상케 하는 먼지투성이의 누런 나뭇잎을 밟으며 걸어가고 있었습니다. 하늘에는 차츰 별이 들어차고, 그것이 한 가로등에서 다른 가로등으로 발길을 옮길 때마다 잠시 동안 보이곤 했습니다. 나는 다시 찾아든 정적, 저녁의 부드러운 기운, 쓸쓸해진 파리를 맛보았습니다. 나는 만족했어요. 그날은 하루 종일 좋은 날이었습니다. 장님을 도와주었고, 기대했던 대로 감형 선고가 있었고, 의뢰인에게서 열렬한 악수를 받았고, 후한 인심도 몇 번 베풀어주었고, 오후에는 지배계급의 잔인성과 지식인들의 위선에 대해 몇몇 친구들 앞에서 멋진 즉흥 연설을 했던 것입니다.

그 시각에는 인기척 없는 퐁데자르에 올라 이제는 컴컴한 밤 속에서 거의 분간할 수 없게 된 강물을 나는 바라보고 있었습니다. 앙리 4세의 동상 앞에서 강 속의 섬을 내려다보고 있었지요. 나는 마음속에 거대한 힘과, 뭐랄까요, 무슨 완성을 본 듯한 감정이 솟아오름을 느끼고 가슴이 후련했습니다. 나는 몸을 일으키고, 만족감을 의미하는 담배에 불을 붙이려고 했습니다. 그때였습니다, 등 뒤에서 웃음소리가 터진 것은. 깜짝 놀라서 나는 획 돌아섰습니다. 그러나 아무도 없었습니다. 난간까지 다가서서 살펴보았지만, 보트도 작은 배도 하나 없었습니다. 나는 다시 섬 쪽으로 돌아섰습니다. 그러자 또다시 등 뒤에서 웃음소리가, 이번에는 좀 더 멀리서 강을 따라 흘러내리듯이 들려왔어요. 나는 그 자리에 우두커니 서 있었습니다. 웃음소리는 약해져갔습니다. 그렇지만 여전히 등 뒤에서 똑똑히 들렸습니다. 물속이 아니라면 어디서 오는지 알 수 없는 일이었어요. 그런데 오해 마십시오. 그 웃음에 아무 이상한 것은 없었습니다. 자연스럽고, 친근한 듯 화기(和氣)마저 띤 명랑한 웃음이었지요. 그리고 조금 있자니 아무 소리도 들리지 않게 되어, 나는 둑길로 돌아와서 도편 가로 발길을 옮겨 생각도 없는 담배를 샀습니다. 어리둥절하고 숨이 가쁘기까지 했습니다. 그날 밤 어느 한 친구에게 전화를 했습니다만 부재중이었습니다. 외출을 할까 하고 망설이고 있는데, 갑자기 창 밑에서 웃음소리가 들렸습니다. 창문을 열고 보니 과연 보도에서 젊은 패가 즐겁게 작별 인사를 주고받고 있더군요. 나는 어깨를 으쓱하며 창문을 닫아버렸지요. 어쨌든 검토해야 할 서류가 있었으니까요. 그러고는 욕실로 가서 물을 한 잔 마셨습니다. 거울 속에서 내 모습이 웃고 있었습니다만, 그 미소는 이중으로 어른거리는 것 같았어요…….

뭐라고요? 실례했습니다. 그만 딴생각을 하고 있었습니다. 내일 또 뵙게 되겠지요. 내일, 그렇습니다. 네, 내일 뵙지요. 아니에요. 가봐야겠어요. 저기 갈색 머리 곰처럼 생긴 녀석이 보이지요? 저 녀석이 의논할 일이 있다고 와달라는군요. 확실히 정직한 놈인데, 경찰이 옹졸하게 심술을 부려 못살게 군답니다. 생김생김이 살인범 같아 보여요? 직업상 저런 얼굴을 하고 있을 뿐입니다. 그야 도둑질도 하지만, 우락부락한 저 사내가 그림 장사에선 전문가라는 걸 알면 놀라실 겁니다. 네덜란드에서는 누구나 미술과 튤립 전문가랍니다. 저 녀석이 외모는 보잘것없어도, 가장 유명한 회화 도난 사건의 범인이에요. 무슨 사건이냐고요?

앞으로 말씀드리게 되겠죠. 내가 별걸 다 알고 있다고 놀라진 마십시오. 회개한 판사이긴 하지만, 여기서 틈틈이 취미로 다른 일도 하고 있답니다. 나는 저 양반들의 법률 고문이거든요. 이 나라의 법률을 연구해서, 면허장을 요구하는 일이 없는 이 구역에 손님들이 생겼어요. 쉬운 일은 아니었지만, 나는 곧 신용을 얻는단 말씀이에요. 그렇죠? 나의 담담한 웃음, 힘 있게 그러쥐는 나의 악수, 이것이면 안 되는 일이 없습니다. 게다가 몇몇 어려운 사건을, 처음엔 이득을 보자는 생각에서였지만 차츰 신념에 끌려서 해결했거든요. 만약에 기둥서방들이나 도둑놈들이 반드시 어디에서나 유죄 선고를 받는다면, 얌전 빼는 축은 모두 언제나 자기들에겐 죄가 없다고 믿어버릴 게 아닙니까? 내 생각으로는 ― 네, 네, 갑니다! ― 무엇보다도 그런 일이 없도록 해야 합니다. 그렇지 않다면 그야말로 웃음거리가 될 테지요.

정말이지 그처럼 호기심을 가져주시니 고맙습니다. 그렇지만 내 이야기에는 아무것도 특이한 건 없습니다. 궁금해하시니 말씀드리지만, 그 웃음에 대해 며칠 동안 좀 생각해보았지요. 그러고는 잊어버렸습니다. 이따금 마음 한구석에서 들리는 듯하기도 했지만, 대개는 쉽사리 다른 일을 생각할 수 있었습니다.

그렇지만 파리의 강변길엔 발을 들여놓지 않으려 했다는 것은 인정하지 않을 수 없습니다. 자동차나 버스로 그곳을 지날 때는 내 마음속에 일종의 침묵이 생기곤 했어요. 아마 무엇을 기다리는 거였겠지요. 그러나 센강을 다 건너도 아무 일이 일어나지 않고, 그러면 나는 안도의 숨을 내쉬곤 했습니다. 그 당시 나는 또 몸이 불편했습니다. 뭐라고 꼬집어 말할 순 없지만, 그저 맥이 빠지고 어쩐지 그전 같은 유쾌감을 되찾을 수가 없더군요. 좀 회복되는 듯하다가는 도로 축 늘어지곤 했어요. 인생이 전처럼 수월하지 못했습니다. 몸이 편치 못하면 정신도 잦아드니까요. 배우지 않고서도 내가 그렇게 잘 알던 것, 즉 산다는 것을 좀 잊어버리는 듯한 느낌이었어요. 그래요, 지금 생각하면 모든 것이 시작된 건 그때부터인 것 같습니다.

그런데 오늘 밤도 기분이 좀 어색하군요. 이야기도 잘되질 않습니다. 화술도 서툰 것 같고, 말도 명확하지 못합니다. 아마 일기 때문이겠지요. 숨도 답답하고 공기가 무더워서 가슴을 누르는군요. 밖으로 나가서 거리를 좀 거닐면 어떨까요? 고맙습니다.

밤의 운하는 참 아름답기도 하군요! 곰팡내 나는 이 수증기, 운하에 잠기는 가랑잎 냄새, 꽃을 가득 실은 쪽배에서 떠오르는 불길한 향내가 나는 좋아요. 아닙니다, 이러한 취미는 조금도 병적인 것이 아니에요. 오히려 내게는 일종의 결 같은 겁니다. 사실을 말하자면, 나는 이 운하들을 좋아하려고 애쓰는 거죠. 세상에서 내가 가장 좋아하는 건 시칠리아 섬이에요. 그것도 에트나 화산 꼭대기에서 빛을 받으며 섬과 바다를 내려다볼 수 있을 때 말입니다. 자바도 좋지요, 무역풍이 불 때면. 네, 젊었을 때 가본 적이 있습니다. 대체로 섬은 모두 좋아해요. 섬에서는 군림하기가 쉬우니까요.

알뜰한 집이지요? 저기 보이는 두 얼굴은 흑인 노예의 얼굴입니다. 간판이지요. 저 집은 어떤 노예 상인의 집이었어요. 아! 그 당시에는 그런 놀음을 숨기지도 않았어요. 뱃심 좋게 "자, 이게 내 가게요. 노예장사를 합니다. 검은 몸뚱이를 팔아요" 하고 버젓이 말했지요. 오늘날 그런 걸 제 직업이라고 광고하는 사람을 상상할 수 있겠습니까? 그렇다면 굉장한 추문이 될 겁니다. 파리의 내 동료들이 뭐라고 떠들어댈지 들리는 듯합니다. 그런 문제에 관한 그들의 태도는 굳세거든요. 서슴지 않고 성명서를 두서넛, 어쩌면 더 많이 발표할 테지요! 나도 좀 생각을 해보고 나서 서명에 참가할 겁니다. 노예제도라니, 될 말인가, 우리는 반대한다! 제 집이나 공장에 노예를 두지 않을 수 없는 것은 당연한 일이지만, 그걸 자랑한다는 건 언어도단입니다.

사람이란 남을 지배하든 남에게 섬김을 받든 하지 않고는 배기지 못한다는 것은 나도 알고 있습니다. 누구에게나 맑은 공기가 필요하듯이 노예가 필요합니다. 명령을 한다는 것은 호흡하는 거나 마찬가집니다. 이 의견에 찬동하시겠지요? 그리고 아무리 보잘것없는 사람일지라도 호흡은 하게 됩니다. 사회 최하급의 인간일지라도 제 배우자와 자녀가 있고, 독신일 경우에는 개가 있습니다. 중요한 것은 결국 상대방에게는 말대답할 권리가 없고 자기는 화를 낼 수 있다는 일입니다. "아버지에게 말대답하는 거 아니야." 이런 판에 박힌 말을 아시지요? 어떤 의미에서 그건 야릇한 말입니다. 사랑하는 사람에게가 아니라면 이 세상의 어떤 사람에게 말대답을 할 수 있단 말입니까? 또 다른 의미에서 그 말은 그럴싸하기도 합니다. 거역할 수 없는 말을 하는 사람이 누구든 하나는 있어야 할 겁니다. 그렇지 않다면 모든 이유에는 또 다른 이유가 대립해 끝장이 나질 않을 테니까요. 그렇지만 권력이란 모든 것에 해결을 지어줍니다. 많은 시간이 걸리기는 했지만, 우리는 이것을 깨닫게 되었습니다. 가령 당신도 느꼈을 줄 압니다만, 이제야 우리 늙은 유럽은 좋은 철학을 갖게 된 것입니다. 우리는 옛적의 소박했던 시대 사람들처럼 "나는 그렇게 생각합니다. 당신의 의견은 어떻습니까?" 하는 말은 하지 않습니다. 우리는 총명해졌어요. 대화를 코뮈니케*로 바꿔놓았지요. "그것이 진리이다. 너희들은 얼마든지 그것을 논의할 수 있겠지만, 그건 우리의 관심사가 아니다. 그러나 그것이 옳다는 것은 훗날 경찰이 증명하게 될 것이다."—이렇게 우리는 말합니다.

아아! 정다워라, 지구(地球)여! 모든 것이 이제는 분명해졌습니다. 우리는 자기 자신을 알게 되었고, 우리가 할 수 있는 것이 무엇인가를 알고 있습니다. 그런데 화제를 바꾼다기보다 예를 바꿔서 내 경우는 어떤가 하면, 나는 언제나 남이 웃는 낯으로

---

* 정부의 공식 성명서 따위

나를 섬겨주길 바랐습니다. 만약에 하녀가 서글픈 낯을 하고 있으면 하루 종일 심사가 편치 않았어요. 하녀라고 늘 즐겁기만 해야 한다는 법은 없을 테지만, 울면서 일하기보다는 웃으면서 일하는 편이 본인에게 나을 것이라고 나는 생각했던 겁니다. 사실인즉 그러는 편이 나에게 좋았지요. 그렇지만 훌륭한 이론이라곤 할 수 없어도 내 이론이 아주 어리석은 것은 아니었어요. 그와 마찬가지로 나는 언제나 중국요릿집에서는 식사를 하지 않았습니다. 어째서 그랬느냐고요? 왜냐하면 동양인이란 그 말 없는 태도로 백인 앞에 나설 때면 상대방을 멸시하는 듯한 표정을 지으니까요. 심부름을 할 때도 물론 그런 표정을 버리지 않는단 말이에요. 풀레라케*를 어떻게 제대로 맛볼 수 있겠으며, 특히 녀석들의 그런 꼴을 보면서 어떻게 자기가 떳떳하다는 생각을 할 수 있겠습니까?

정말 우리끼리 이야기지만, 그러니까 복종이라는 건, 특히 고분고분한 복종은 없어서는 안 될 것입니다. 그렇지만 그걸 인정할 수야 없지요. 그러니 노예를 두지 않을 수 없는 사람은 차라리 노예를 자유인이라고 불러두는 편이 나을 것 아닙니까? 우선 원리적으로 그렇고, 또 노예에게 절망을 주지 않기 위해서도 그렇습니다. 노예에게도 그만한 보상쯤은 줘야 하지 않겠어요? 그

---

* 닭으로 만든 요리 이름

렇게 하면 노예들은 계속 웃음을 띨 테고, 우리도 양심의 만족을 유지할 수 있을 것입니다. 그렇지 않다면 우리는 자기반성을 하지 않을 수 없게 되어 고통으로 발광하든가, 그렇게까지는 되지 않더라도 무슨 일이 일어날지 알 수 없는 노릇입니다. 그러니까 간판은 내걸 필요가 없고, 더욱이 저런 노예장사 간판은 언어도단입니다. 뿐만 아니라 모두 식탁에 자리 잡고 앉아서 저마다 제 본업을 제시하고 제 정체를 드러낸다면 어찌할 바를 모르게 될 겁니다. 가령 이런 명함들을 좀 상상해보세요. '뒤퐁, 비겁한 철학자' 또는 '기독교도 악덕지주' 또는 '간통 상습자, 휴머니스트'—선택의 자유는 얼마든지 있습니다. 그렇지만 그렇게 되면 지옥일 것입니다. 그렇습니다. 지옥이란 그런 곳, 즉 간판투성이의 거리, 변명이라곤 할 수도 없는 곳, 그게 지옥일 겁니다. 누구나 대번에 분류되어버리고 나면 그만일 테지요.

  가령 당신의 간판은 어떨지 좀 생각해보시지요. 말이 없으시군요! 그럼 이다음에 대답해주세요. 어쨌든 내 간판은 이렇습니다. 야누스*처럼 얌전하게 이중의 얼굴을 그려놓고, 그 위에는 '믿지 말라'라는 가게 모토를 붙입니다. 명함에는 '장 바티스트 클라망스, 희극배우'라고 박습니다. 그런데 내가 이야기한 그날 저녁의 일이 있고 며칠 뒤에 나는 한 가지 사실을 발견했어요.

---

* 미래와 과거를 보는 능력을 가져 두 개의 얼굴이 있었다는 신화 속 인물

뭐냐 하면 보도까지 인도해주고 장님과 헤어질 때, 나는 늘 머리를 끄덕이며 인사를 하고 있었던 것입니다. 그처럼 모자를 불쑥 쳐들고 하는 동작은 물론 장님을 상대로 한 것이 아닙니다. 장님은 보지 못하니까요. 그러니 누구를 향해 했겠습니까? 대중이었어요. 역할을 끝내고는 인사를 한다, 좀 좋습니까? 그즈음 또 어느 날은 내가 도와준 데 대해 고맙다고 인사하는 어느 자동차 주인에게 아무도 그런 일을 해주지 않았을 거라고 대답했답니다. 물론 누구나 그런 일은 다 해주는 거라고 말하려 했던 것이지요. 그렇지만 그 주책없는 실언이 마음에 걸렸습니다. 겸손하기론 정말이지 누구에게도 지지 않는 나였어요.

솔직하게 인정할 수밖에 없는 일이지만, 나는 언제나 허영심으로 가득 찼습니다. 나, 나, 나, 이 '나'라는 말은 내 알뜰한 인생의 후렴 같아서, 내가 하는 이야기에는 언제나 그 말이 들렸답니다. 나는 자랑을 하지 않고는 이야기를 할 수 없었고, 특히 나의 숨은 재주인 그 겸양스러운 듯한 태도를 보이며 말할 때는 더 그랬습니다. 내가 언제나 자유롭고 강한 인간으로 살았던 것은 사실입니다만, 내게 비견할 사람을 찾아볼 수 없기에 모든 사람에게 아무런 구애도 받을 필요가 없다고 느꼈기 때문이에요. 앞서도 말한 것처럼 나는 누구보다도 현명하다고 언제나 자처했을 뿐만 아니라, 또 누구보다도 민감하고 능숙하며, 드물게 보는 사격수요, 운전도 뛰어나게 잘하고, 연인으로서도 나무랄 데 없다고 생각했으니까요. 재주가 남보다 못하다는 것을 쉽사리 확인할 수 있는 분야, 가령 테니스 같은 데서도 그저 웬만한 파트너에 지나지 않는데도 연습할 시간만 있으면 일류 선수들을 이길 수 있다고 믿지 않고는 배기기 어려웠어요. 나는 내 우월성밖에 인정하려 들지 않았습니다. 나의 평온한 심경은 그것으로 설명될 수 있었던 겁니다. 남의 일을 돌봐줄 적에는 순전한 호의로 자유로운 처지에서 그렇게 했고, 공로는 고스란히 내게로 돌아왔지요. 그리하여 나의 자애심은 한층 더 높아지곤 했던 것입니다.

이러한 사실들을 다른 몇몇 사실들과 함께, 내가 이야기한 그날 저녁 이후로 나는 차츰차츰 알게 되었습니다. 그 뒤 곧 알게 된 건 아니고, 아주 뚜렷하게 알 수 있었던 것도 아닙니다. 처음에는 우선 기억을 더듬어봐야 했습니다. 그래서 사태가 더 명백히 드러나면서 내가 알고도 모른 체하고 있던 것을 깨닫게 되었던 겁니다. 그때까지 나는 항상 놀라울 만한 망각의 능력에 도움을 받았습니다. 나는 모든 일을, 무엇보다도 먼저 내 결심을 잊어버렸어요. 결국 중요한 건 아무것도 없었지요. 전쟁이며 자살, 사랑과 빈곤 같은 것들에 주의를 기울이긴 했습니다만, 그건 예의상이요 표면상으로 그랬을 뿐입니다. 때로는 내 일상생활에 관계없는 일에 열렬한 관심을 갖는 체하기도 했어요. 그렇지만 실상은 내 자유가 구속당하는 경우가 아니면 정말 그 일에 참여하진 않았습니다. 뭐랄까요? 그저 스치며 지나갈 뿐이었어요. 그렇습니다. 모든 것이 나를 스치면서 흘러가기만 했던 겁니다.

하지만 공정하게 말해본다면, 나의 망각이 기특할 때도 있었답니다. 모든 모욕을 용서하는 것을 신앙처럼 여기고 또 실제로 용서하기도 하지만, 그 일들을 결코 잊어버리지 않는 사람들을 보셨겠지요. 나의 인품은 모욕을 용서할 만큼 훌륭하지 못했지만, 나는 언제나 받은 모욕을 결국에는 잊어버리곤 했어요. 그래서 내게 미움을 받고 있으리라고 생각하던 사람이 내가 싱글벙글 웃으면서 인사하는 것을 보고는 어리둥절해했지요. 그럴 때면 그 사람의 성격에 따라 내 너그러운 마음씨를 찬탄하기도 하고, 아니면 나의 비굴함을 멸시하기도 했는데, 내 이유는 그보다 더 간단하다는 걸 생각하진 못했어요. 나는 그 사람의 이름까지도 잊어버렸던 겁니다. 나를 무관심하게, 또는 의리를 모르는 자로 만들던 결함이, 그럴 때면 나를 도량 넓은 사람으로 만들어주었답니다.

그러니까 나는 그날그날 나, 나, 나의 연속 이외에는 아무 연속도 없이 살고 있었습니다. 그날그날 여자들과 지내고 그날그날 미덕 또는 악덕과 함께 지냈으니 강아지나 다를 바 없었지만, 어느 날이나 나 자신은 확고히 자리 잡고 있었던 겁니다. 그처럼 나는 인생의 표면에 떠서, 말하자면 말뿐이요 결코 현실 속으론 들어가지 못하고 지나갔습니다. 모든 책도 그저 읽는 둥 마는 둥, 친구들도 사랑하는 둥 마는 둥, 도시들도 구경하는 둥 마는 둥, 여자들도 휘어잡는 둥 마는 둥! 내 몸짓들은 권태로움에서 심심풀이로 하는 것에 지나지 않았어요. 사람들은 내 뒤에 따르며 매달려보려 했지만 아무것도 붙잡을 것이 없었으니, 다음엔 불행이었지요. 그들에게 불행이었단 말입니다. 왜냐하면 나는 잊어버렸으니까요. 내게는 나 자신의 추억밖에 없었습니다. 그러나 차츰차츰 기억이 되돌아왔어요. 차라리 내가 기억으로 돌아간 겁니다. 그래서 나를 기다리고 있던 추억을 찾게 되었지요. 그 추억 이야기를 하기 전에, 내가 그것을 탐색하다가 발견한 몇몇 가지를 예로 들겠습니다(이것들은 확실히 당신에게 도움이 될 것입니다).

어느 날 자동차를 운전하고 가다가, 신호등이 파란불로 바뀌었는데 나는 잠시 출발이 늦었습니다. 그동안 내 등 뒤에서는 참을성 많은 파리지앵 양반들이 클랙슨을 요란스레 울려댔지요. 그러자 갑자기 그와 같은 경우에 일어났던 다른 사건의 추억이 떠올랐습니다. 코안경을 쓰고 골프 바지를 입은, 홀쭉하고 키가 작달막한 사나이를 태운 오토바이가 나를 앞지르고 빨간불 앞에 정지했던 것입니다. 정지하는 바람에 엔진이 꺼져버려서 그 작달막한 사내는 다시 시동을 거느라고 애쓰지만 걸리지 않았습니다. 신호가 파란불로 바뀌어서 나는 그에게 지나갈 수 있도록 오토바이를 옆으로 비켜달라고—언제나 그렇듯이—공손하게 부탁했지요. 작달막한 사내는 여전히 헛김만 뿜는 엔진에 안

달하고 있었습니다. 그래서 파리지앵식의 예의를 따라 대답한다는 소리가, 닥치고 꺼지라는 거예요. 나는 다시 한 번 여전히 공손하게, 그러나 목소리에 약간 노기를 띠고 재촉했습니다. 그러자 또 한다는 소리가, 걸어가거나 말을 타고 가거나 하면 될 것 아니냐고 하더군요. 그동안 내 뒤에서는 클랙슨이 몇 번 잇달아 울렸습니다. 나는 좀 더 단호한 말투로, 무례한 소리는 그만두고 교통을 방해하고 있는 걸 보라고 했지요. 그랬더니 그 성마른 녀석은 엔진 고장이란 게 분명해지자 울화가 치밀었던지, 한 대 얻어맞고 싶다면 얼마든지 그렇게 해주겠노라며 소리를 지르더란 말이에요. 그 뻔뻔스러움에 화가 치밀어서, 그 입버릇 사나운 녀석의 따귀를 갈겨줄 생각으로 나는 차에서 내렸습니다. 나는 내가 겁쟁이라곤 생각하지 않았고 (그렇지만 누구나 생각이야 어떻게든 못 하겠습니까!) 상대방보다 머리가 하나쯤 더 컸을 뿐만 아니라, 내 완력은 언제나 내게 유리했었습니다. 내가 주먹다짐을 하면 했지 얻어맞지는 않았으리라고 지금도 생각합니다. 그런데 내가 차도에 내려서자마자 몰려들기 시작하던 사람들의 무리에서 한 사내가 나서더니, 나더러 너절하기 짝이 없는 놈이라고 하면서 오토바이를 탄 사나이, 그러니까 불리한 처지에 있는 사람에게 손을 대게 하지 않겠노라고 대드는 것이었어요. 나는 그 협객에게로 눈을 돌렸지만, 그는 보이지도 않았습니다. 얼굴을 돌리자마자, 거의 동시에 오토바이 엔진 소리가 다시 들리기 시작하더니, 나는 귀퉁이를 호되게 얻어맞았어요. 무슨 영문인지 알아차리기도 전에 오토바이는 떠나버렸습니다. 나는 어리둥절해서 기계적으로 달타냥 같은 협객 쪽으로 걸음을 내디뎠는데, 그 순간 퍽 길게 줄지어 멈춰선 자동차들에서 일제히 클랙슨 소리가 극성스럽게 울렸습니다. 다시 신호가 파란불로 바뀌었던 것입니다. 그래서 여전히 좀 얼떨떨한 채 내게 대들었던 괘씸한 녀석을 후려갈기지도 못하고, 나는 온순하게 자동차로 돌아와서 그 자리를 떠났습니다. 내가 지나가는 것을 보며 그 괘씸한 녀석은 내게 "얼간이" 하고 소리를 지르던 것이 아직도 기억에 남아 있습니다.

별로 중요할 것 없는 이야기라고 하실지 모르겠습니다. 그럴지도 모릅니다. 다만 그 일을 잊어버리는 데 오랜 시간이 걸렸어요. 그게 중요합니다. 나에게는 그러나 변명의 여지가 충분히 있었습니다. 대항하지도 않고 얻어맞았지만, 나를 비겁하다고 할 수는 없었을 겁니다. 뜻하지 않은 일격이었던 데다가, 양쪽에서 대드는 바람에 뭐가 뭔지 알 수 없었으니까요. 또 클랙슨 소리에 정신을 차릴 수가 없었으니까요. 그렇지만 명예를 저버리기나 한 것처럼 나는 불행했습니다. 아무런 반응도 없이 군중의 비웃는 눈길을 받으며 차에 오르던 내 꼴이 자꾸만 눈앞에 보였어요. 지금도 기억하고 있지만, 그날 내가 매우 말쑥하게 푸른 옷차림을 하고 있었던 만큼 군중은 더 좋아했습니다. '얼간이'라는 소리가 다시 들려오고, 그런 소리를 들어도 마땅하다는 생각이 들기까지 했습니다. 결국 나는 군중 앞에서 기가 질리고 말았다고밖에 할 수 없었어요. 공교롭게 여러 가지 사정이 겹쳐 그렇게 된 건 사실이지만, 사정이란 언제나 있는 법입니다. 나중에야 어떻게 했어야 옳았을 것인가 명백히 알 수 있었습니다. 달타냥처럼 굴던 그 녀석을 보기 좋게 갈겨서 쓰러뜨리고 차에 뛰어올라, 나를 때린 녀석을 추격해 그놈의 오토바이를 길옆으로 몰아붙이고는 놈을 끌어내다가, 그놈이 마땅히 받아야 할 주먹을 먹여주는 장면을 나는 상상했습니다. 조금 다르게 꾸미는 일도 있었지만, 나는 이 필름을 백 번 천 번 머릿속에서 돌려보았어요. 그러나 때는 이미 늦어서 며칠 동안 나는 추악한 원한을 꾹 참아야만 했습니다.

하, 또 비가 내리는군요. 저 현관 밑에서 좀 쉬면 어떨까요? 그러십시다. 어디까지 이야기했던가요? 아, 그렇군, 명예에 관한 이야기였지요! 그래 그 사건을 다시 회상하게 되었을 때, 나는 그것이 무엇을 의미하는지 깨달았습니다. 결국 내 몽상이 사실의 시련에 견뎌내지 못했던 겁니다. 그러고 보니 나는 인격적으로나 직업적으로나 남들의 존경을 받는 완전무결한 사람이 되려고 꿈꾸었던 것이 확실했습니다. 말하자면 절반은 세르당* 같

---

* 유명한 권투 선수

고 절반은 드골 장군 같은 인물이 되고 싶었지요. 요컨대 나는 무슨 일에서나 군림하고 싶었던 겁니다. 그러기 때문에 일부러 보란 듯이 두뇌의 능력보다도 육체적 역량을 보이기를 즐겨했던 거예요. 그런데 꼼짝도 못 하고 군중 앞에서 얻어맞은 뒤로는 그러한 나 자신의 아름다운 이미지를 가질 수 없게 되었어요. 만약 나 자신이 자처하듯 내가 진실과 지혜의 벗이었다면, 그 광경을 본 사람들이 벌써 잊어버리고 말았을 그런 사건이 내게 무슨 상관이 있었겠습니까? 아무것도 아닌 일로 화를 낸 데 대해 스스로를 책하고, 또 아무리 화가 났더라도 침착성을 잃고 홧김에 초래된 결과를 저지하지 못한 데 대해 자신을 책하는 정도에 지나지 않았을 겁니다. 그런데 그러기는커녕 나는 복수를 하고, 때려주고, 이기고 싶은 욕망에 불탔다니까요. 마치 나의 진정한 욕망이 세상에서 가장 지혜롭고 가장 너그러운 사람이 되는 것이 아니라, 다만 내 마음대로 누구나 쳐부수고 결국 가장 강한 사람이 되는 것, 그것도 아주 유치한 수단으로 그렇게 되는 것이었다는 듯이 말입니다. 사실인즉, 잘 아시는 바와 같이, 지혜가 있는 사람은 누구나 갱스터가 되어 순전히 폭력으로 사회를 지배하기를 꿈꾸는 법입니다. 그렇지만 그것은 갱 소설에서 볼 수 있는 것처럼 쉬운 일이 아닌지라, 대개는 정치를 수단으로 택하여 가장 잔인한 정당으로 달려갑니다. 모든 사람을 지배할 수 있다면 자기의 정신을 욕되게 한들 어떻겠습니까? 안 그래요? 내 마음속에서 나는 흐뭇한 압제의 몽상을 발견했던 것입니다.

적어도 내가 알게 된 것은, 죄인이나 피고의 과오가 내게 아무런 손해도 입히지 않는 정확한 범위에서만 나는 그들의 편을 들고 있다는 사실이었습니다. 나는 피해자가 아닌 까닭에 그들의 죄는 나로 하여금 웅변을 발휘하게 했지요. 나 자신이 위협을 받으면 나 역시 판사가 될 뿐만 아니라 그보다 더 심한 인간, 모든 법률을 무시하며 범죄자를 때려눕히고 무릎 꿇게 하고 싶어 하는 폭군이 되었답니다. 그렇게 되고 보니, 내가 정의의 천직을 맡은 사람이요 과부와 고아의 선택받은 옹호자라고 진정으로 믿기를 계속하기는 매우 어려운 노릇이었지요.

빗발도 굵어지고 시간도 있고 하니, 그런 일이 있은 얼마 후에 내가 기억 속에서 발견한 것을 또 하나 말씀드릴까요? 저 벤치 위에 앉으십시다. 여러 세기 동안 사람들은 거기서 담배를 피우면서 지금과 같은 비가 같은 운하 위로 내리는 것을 보아왔습니다. 이제부터 말씀드리려는 건 좀 더 하기 어려운 이야기입니다. 이번에는 여자의 이야기예요. 먼저 나는 여자와 접촉할 때 언제나 성공했다는 사실을 미리 알아두셔야 합니다. 여자들을 행복하게 하거나, 하다못해 여자들에 의해 내가 행복해지거나 하는 데 성공했다는 말이 아닙니다. 그저 성공했단 말씀이에요. 내가 원하기만 하면 거의 틀림없이 언제나 목적을 달성할 수 있었어요. 모두가 나에게 매력을 느꼈지요. 상상을 좀 해보십시오!

매력이란 어떤 건지 아시지요—아무런 명확한 질문도 하지 않고 '네'라고 대답하게 하는 방법입니다. 그 당시의 나는 그랬어요. 깜짝 놀라신 모양이군요. 뭐 숨기지 마세요. 지금 이 꼴이 된 내 얼굴을 보면, 그야 당연한 일이니까요. 서글픈 일이지만, 어느 나이를 지나면 누구나 제 얼굴에 책임을 져야 합니다. 내 얼굴은…… 하지만 그런 건 아무래도 좋습니다. 어쨌든 모두가 내게 매력을 느꼈었다는 게 틀림없는 사실이고, 나는 그것을 이용했습니다.

그렇지만 타산적으로 그런 일을 한 건 절대로 아닙니다. 나는 성실했어요. 아니 거의 성실했어요. 여성들과의 관계는 자연스럽고, 담담하고, 흔히 말하듯이 수월했습니다. 책략을 쓴다거나 하는 일은 없었어요. 쓴다고 하더라도 다만 여자들이 경의로 여기는 것, 숨김없이 보일 수 있는 책략뿐이었습니다. 흔히 쓰이는 말로 나는 여자라면 모두 좋아했습니다. 결국 어느 여자도 사랑하지 않은 셈이지요. 여성 혐오를 나는 언제나 저속하고 어리석은 짓이라고 생각했고, 내가 아는 여자를 거의 나보다 낫다고 여겼습니다. 그러나 그렇게 높이 평가하면서도 나는 여자들을 위했다기보다 이용하는 일이 더 많았습니다. 어찌 된 셈인지 알 수 없지요.

물론 진정한 사랑이란 예외적인 것이라 한 세기에 두서넛 있을까 말까 합니다. 그 밖의 경우에는 허영, 아니면 권태가 있을 뿐입니다. 나로 말하자면 포르투갈 수녀와는 딴판이었지요. 나는 냉담한 사람이 아닙니다. 오히려 다감하고, 게다가 눈물도 잘 흘리는 편입니다. 다만 나의 감격은 언제나 내게로 향하고, 나의 감동은 나에 관한 것입니다. 아무튼 내가 사랑한 일이 없다는 건 사실이 아니고, 나는 내 생애에서 적어도 커다란 사랑을 하나 맺었는데, 그 사랑의 대상은 항상 나 자신이었습니다. 그러한 관점에서, 아주 젊은 시절의 불가피한 고민이 끝나자 나의 태도는 결정되었습니다. 관능, 이것만이 나의 애정 생활을 지배했던 것입니다. 나는 오직 쾌락과 정복의 대상만을 찾았습니다. 게다가 나의 타고난 기품이 그것을 도왔던 것도 사실입니다. 하늘에게서 나는 혜택을 많이 받았으니까요. 나는 그것을 적이 자랑스럽게 여겼고, 그 때문에 커다란 만족감을 느끼기도 했는데, 그 만족감이 쾌락에서 왔는지 성공에서 왔는지 지금 생각하면 알 수 없는 일입니다. 또 자기 자랑을 한다고 하실지 모르겠습니다. 그걸 부정하지는 않겠습니다만, 이 점에서는 사실을 자랑할 따름이니까 별로 자화자찬이라고는 생각지 않습니다.

다른 이야기는 고사하고 모든 경우에서 나의 관능적 쾌락은 지극히 절실해서, 단 십 분간의 정사를 위해서라도 나는 부모를 부인했을 거예요. 나중에 몹시 후회하게 되더라도 말입니다. 아니, 특히 단 십 분간의 정사를 위해서 그랬고, 그것이 오래 계속될 성질의 것이 아니라는 확신이 들 때 더 그랬어요. 그렇지만 나에게는 원칙들이 서 있었습니다. 가령 친구의 마누라는 신성 불가침이었지요. 다만 그런 경우엔 아주 솔직하게, 며칠 전에 그 남편에게 우정을 갖기를 그쳐버렸답니다. 아마 그런 것을 관능의 쾌락이라 불러서는 안 될지도 모르겠습니다. 관능의 쾌락이란 그 자체로서는 추한 것이 아니니까요. 관대하게 결함이라고 말해두십시다. 사랑 속에서 육체적 관계밖에 보지 못하는 일종의 선천적 무능력이지요. 그러한 결함은 결국 편리했습니다. 나의 망각이란 능력과 결합되어 나의 자유에 도움이 되었거든요. 그와 동시에 그것이 나에게 갖게 하던 냉담하고 구속 없는 태도를 통해 그러한 결함은 나에게 새로운 성공의 기회를 제공해주었어요. 로맨틱하지 않음으로써 나는 로마네스크한 것에 억센 영향을 줄 수 있었던 것입니다. 사실 여자란 모든 사람이 실패한 데서 자기는 언제나 성공할 수 있으리라고 생각한다는 점에서 보나파르트와 같다고 할 수 있을 거예요.

그리고 그러한 교섭에서 나는 관능 이외의 것, 즉 놀음놀이를 좋아하는 나의 기질을 만족시켰습니다. 여자에게서 나는 일종의 유흥 파트너를 발견하고서 그것을 사랑했던 겁니다. 적어도 순진한 맛이 있는 유흥이었지요. 나는 권태를 참지 못하는 까닭에, 인생에서 놀음거리가 되는 것만 귀중하게 여겼습니다. 아무리 화려한 사회라도 곧 싫증이 나서 견딜 수 없습니다. 그런데 마음에 드는 여자하고는 싫증이 난 적이 없어요. 말씀드리기 거북하지만, 어여쁜 단역 여배우와 최초의 랑데부〔시각과 장소를 정해 하는 밀회〕를 갖기 위해서라면 아인슈타인과의 대담을 열 번이라도 마다했을 것입니다. 랑데부가 열 번째쯤 되면 아인슈타인을 만나보고 싶어지기도 하고, 맹렬히 독서를 하고 싶어지는 게 사실이었습니다. 결국 중대한 문제들에 대한 관심은 다만 짤막짤막한 음란의 틈을 타서 가져볼 뿐이었지요. 길가에 서서 친구들과 한창 열렬히 논쟁을 하다가도, 때마침 가슴 설레게 하는 미인이 길을 건너는 바람에 추리의 실마리를 잃어버린 일이 얼마나 여러 번이었는지 모릅니다.

그러니 나는 놀음놀이를 했지요. 여자들이란 남자가 너무 빨리 목적을 달성하는 것을 좋아하지 않는다는 걸 나는 알고 있었어요. 여자들의 말을 빌리자면, 우선 처음에는 이야기와 정다운 맛이 필요합니다. 변호사이고 보니 나는 말문이 막히는 일이 없었을 뿐만 아니라, 군대에서 배우 흉내를 내본 경험도 있어서 눈초리도 제법이었지요. 번번이 역할이 바뀌었지만 각본은 언제나 같은 내용이었습니다. 가령 불가사의한 매력을 가진 대본으로는 "뭔지 알 수 없는 그 무엇"이라든가, "이유는 없어요. 나는 애정에 이끌리고 싶지 않았어요. 사랑에는 염증이 났으니까요……"라든가 하는 것이 있었는데, 그런 것은 아주 케케묵은 연극이었지만 언제나 효과가 있었습니다. 여태껏 어느 다른 여자도 준 적 없는 신비로운 행복, 아마도, 아니 확실히 오래 지속되지는 못하겠지만(스스로 아무리 경계해도 지나치지 않은 법이니까요) 그러기 때문에 무엇하고도 바꿀 수 없는 행복이란 내용의 것도 있었지요. 특히 짤막한 대사 하나를 나는 그럴듯하게 꾸몄는데, 그건 언제나 환영을 받았고, 당신도 들어보면 칭찬을 하리라 확신합니다. 그 대사의 요점은, 나라는 사내는 하잘것없는 놈이라는 것, 나는 사랑할 만한 값어치가 없으며, 내 인생은 다른 데 있고, 나날의 행복, 아마도 내가 무엇보다도 누리고 싶었던 행복이 내 인생에 깃들어주지 않았다는 것, 그러나 이미 때는 늦었다는 사연을 가슴 아파하고 체념한 어조로 이야기하는 것이었어요. 어째서 이미 늦었는지, 그 이유에 관해서는 비밀을 지켰지요. 신비로운 것을 껴안고 자는 편이 좋다는 걸 나는 알고 있었으니까요. 그런데 어떤 의미에서 나는 내가 하는 말을 믿고 있었습니다. 내 역할을 나는 생활로서 연출했으니까요. 그러니까 나의 파트너들이, 그녀들 역시 무대에서 열연을 하게 되었다고 해서 놀랄 것은 없습니다. 나의 여자 친구들 가운데 가장 민감한 패는 나를 이해하려고 노력했지만, 그러한 노력은 결국 서글픈 단념으로 그녀들을 이끌어갔습니다. 다른 패는 내가 유흥의 규칙을 존중하고 행동으로 옮기기 전에 먼저 말하는 아량을 보고 만족하여 지체 없이 현실로 돌아갔지요. 그러면 나는 두 번 승리한 셈이었습니다. 여자에게 품었던 욕망을 만족시켰을 뿐만 아니라, 그때마다 나의 뛰어난 능력을 확인함으로써 자기애를 만족시킬 수 있었으니까요.

그것은 아주 틀림없는 사실이라, 어떤 여자들은 보잘것없는 쾌락밖에 주지 못할망정 나는 그녀들과의 관계를 이따금씩 간격을 두고 다시 맺도록 노력했습니다. 아마 서로 헤어져 있으면 욕망이란 다시 일어나게 마련이고 갑자기 옛정을 되찾기도 하겠지만, 두 사람의 관계는 여전히 맺어져 있으며, 그것을 다시 긴밀하게 하는 것은 오직 나에게 달려 있음을 확인해보려는 생각도 있었습니다. 때로는 여자로 하여금 다른 어느 남자와도 연애 관계가 없노라는 맹세까지 하게 해서, 그 점에 관한 나의 불안을 완전히 가라앉혀버리기도 했지요. 그렇지만 애정이라든지, 심지어 상상력까지도 그러한 불안과는 무관했습니다. 사실 나에게는 일종의 자부심이 하도 강하게 뿌리박혀 있었기 때문에, 명확한 증거가 드러나 있을 때라도 한 번 나의 것이 되었던 여자가 남의 것이 된다는 것은 나로서 상상하기 어려운 일이었어요. 그러나 여자들의 맹세는 여자들을 얽맴으로써 나를 해방시켜주었습니다. 여자가 어느 다른 남자와도 연애 관계가 없고 보면 그제야 나는 절연하려는 결심을 할 수 있었는데, 그렇지 않고서는 거의 언제나 관계 끊기가 불가능했거든요. 여자에 관한 확인이 완결되면 나의 능력은 영원히 보증되는 셈이었어요. 이상하지요. 안 그래요? 그렇지만 사실이 그런걸요. 어떤 사람들은 "나를 사랑해달라"고 외치고 또 다른 사람들은 "나를 사랑하지 말라"고 외치지만, 어떤 종류의 사람들, 가장 악질이고 가장 불쌍한 인종은

"나를 사랑하지 말고 나에게 충실하라"고 외치는 겁니다.

그렇지만 확인은 결코 결정적일 수도 없고, 한 사람 한 사람씩 새로 시작하지 않으면 안 됩니다. 자꾸 되풀이하면 그만 습관이 되어버립니다. 얼마 안 가서 생각지 않아도 말이 저절로 나오고 반사적으로 행동이 뒤따르게 됩니다. 마침내는 정말로 탐하지도 않으면서 움켜잡는 상태에 빠지지요. 사실 그렇습니다. 적어도 어떤 사람들에게는 탐나지 않는 것을 갖지 않도록 한다는 게 세상에서 가장 어려운 일이랍니다.

어느 날 그런 사태가 일어났습니다. 여자가 누구였는지 말씀드릴 필요는 없겠고, 다만 욕망을 일으켜 정말로 내 마음을 뒤흔든 건 아니었지만, 그 여자의 수동적이면서도 탐욕적인 태도에 내가 이끌렸다는 것만 말씀드리겠습니다. 솔직히 말해서 당연히 예상했던 것처럼 탐탁지 못했습니다. 그런데 나는 콤플렉스를 가져본 적이 없는 까닭에, 그 여자를 곧 잊어버리고 다시는 만나지도 않았지요. 나는 그 여자가 아무것도 눈치채지 못했으려니 생각했고, 또 그녀가 무슨 주견을 가질 수 있으리라고는 상상조차 안 했습니다. 게다가 그 수동적인 태도 때문에 다른 사람들과 잘 어울리지도 못하는 것 같았어요. 그러나 몇 주일 후에 그 여자가 제삼자에게 나에 대해 무능하다고 말했다는 사실을 알게 되었습니다. 그 순간 나는 약간 속았구나 하는 생각이 들었어요. 그 여자는 내가 생각했던 것보다 수동적이지도 않고 판단력도 있다는 증거였으니까요. 다음 순간, 나는 어깨를 으쓱하고 웃음을 짓는 시늉을 했습니다. 사실 정말 웃기도 했습니다. 그 사건이 전혀 중요하지 않다는 건 명백한 일이었으니까 말입니다. 겸양을 규칙으로 삼아야 할 영역이 있다면, 그건 예측할 수 없는 일이 허다한 성(性) 문제가 아니겠습니까? 그런데 현실은 조금도 그렇지 않았고, 고독 속에서일망정 저마다 우위에 서려고 하거든요. 어깨를 으쓱했음에도 과연 나의 행동은 어떠했겠습니까? 얼마 후에 나는 그 여자를 다시 만나서 그녀를 유혹하고 정말로 휘어잡기 위해서 모든 노력을 다했습니다. 그건 그다지 어려운 일이 아니었어요. 여자들도 실패로 그쳐버리기를 좋아하지 않으니까요. 그때부터 나는, 명확히 그렇게 하고자 한 건 아니었지만, 온갖 방법으로 그 여자를 괴롭히기 시작했습니다. 버렸다가는 다시 정을 맺고, 때와 장소를 가리지 않고 강제로 몸을 맡기게 하고, 모든 면에서 하도 난폭하게 다뤄서 결국에는 간수와 죄수의 연분이 그러리라 싶게 나는 그 여자와 얽히게 되었습니다. 그리고 그러한 관계는 괴롭게 강요당한 쾌락의 격심한 혼란 속에서 그녀가 자신을 굴종으로 몰아넣는 것을 소리 높여 예찬하기에 이른 날까지 계속되었습니다. 그날 비로소 나는 그 여자와 떨어지기 시작했고, 그 뒤 그 여자의 일은 깨끗이 잊어버렸습니다.

    예의상 당신은 아무 말씀도 안 하시지만, 이 사건이 그다지 훌륭한 일이 못 된다는 데 나도 동감입니다. 그렇지만 당신 자신의 생활을 생각해보십시오. 기억을 파헤쳐보세요. 그러면 아마 당신도 그와 비슷한 이야기를 발견할 수 있을 겁니다. 나중에 말씀해주십시오. 나로 말하자면, 그 사건이 떠올랐을 때 또 한 번 웃었지요. 그러나 이전과는 다른 웃음이었습니다. 언젠가 퐁데자르에서 들었던 웃음과 퍽 흡사했어요. 나의 이야기, 나의 변론이 우스웠던 거예요. 여자에게 하던 이야기보다 나의 변론이 더욱 우스웠어요. 여자들에겐 적어도 거짓말은 별로 안 했습니다. 본능이 내 태도 가운데 아무런 구실을 꾸며댐 없이 분명히 이야기하는 것이었으니까요. 가령 애욕의 행위는 일종의 고백입니다. 거기서는 에고이즘이 노골적으로 부르짖고, 자만심이 나타나며, 진정한 아량이 드러나기도 합니다. 결국 그 유감스러운 사건에서 나는 다른 자질구레한 정사(情事)들에서보다 더한층 생각했던 것 이상으로 솔직했고, 내가 어떠한 인간인지, 나는 어떻게 살 수 있는지를 말했던 겁니다. 그러니까 표면상으로는 어떠했든지 간에, 무죄나 정의를 위해 직업적 대활약을 펼칠 때보다 나는 사생활에서 오히려, 지금 이야기한 것 같은 행동을 하고 있었을 때라도, 아니 특히 그런 때일수록 더 인간다웠던 셈이지요. 적어도 인간들과 더불어 움직이는 나 자신을 보고 나는 나의 본성을 오인할 수는 없었습니다. 쾌락 속에서는 그 누구도 위선을 부리지 않는다는 말은 내가 어느 책에서 읽었는지, 아니면 나 자신이 생각해냈는지 모르겠군요.

그처럼 어느 여자와 결정적으로 헤어질 때 느끼는 곤란, 그래서 나는 동시에 수많은 여자들과 관계를 맺게 되는 것이었지만, 그러한 곤란을 생각할 때 나는 여린 마음을 탓하지는 않았습니다. 여자 친구 하나가 정열의 승리를 기다리다 못해 지쳐서 물러나겠다는 이야기를 할 때 나를 움직이게 하던 것은 나의 여린 심정이 아니었으니까요. 그러면 곧 나는 한 걸음 앞으로 나서서 달래기도 하고, 웅변을 늘어놓기도 했지요. 여린 심정이며 부드럽고 약한 마음씨, 그런 것은 오히려 여자의 마음속에 일깨워놓고 나 자신은 그것을 피상적으로 느낄 뿐, 다만 여자의 거절 때문에 조금 흥분되고 애정을 잃게 될지도 모른다는 불안에 사로잡힐 따름이었답니다. 때로는 내가 정말로 괴로운 듯한 생각이 든 적도 있어요. 하지만 반항심을 품은 여자가 정말로 떠나버리고 말면, 그것으로 나는 쉽사리 그 여자를 잊어버리기에 충분했습니다. 그와 반대로 여자가 다시 돌아오기로 결심했을 때도, 곁에 온 다음엔 그 여자를 잊어버리는 것과 마찬가지였지요. 버림받을 위험에 처했을 때 나를 자극하던 것은 참으로 사랑도 아량도 아니었고, 사랑받고 싶은 욕망, 내 생각으로 보자면 당연히 내가 받아야 할 것을 받고 싶은 욕망이었습니다. 사랑받게 되자, 그리고 파트너를 다시금 잊어버리게 되자 나는 다시 빛나고 원만하고 남의 호감을 사는 사내가 되었어요.

그처럼 애정을 다시금 획득하자마자 내게는 그것이 짐스럽게 여겨지더란 말입니다. 화가 날 지경일 때는 내게 관심을 갖는 여자의 죽음이 이상적인 해결책이라는 생각까지 했습니다. 여자가 죽어버리면 우리의 관계가 결정적으로 확립되는 동시에, 다른 한편으로는 그 속박력이 제거될 테니까요. 그렇지만 모든 사람의 죽음을 바랄 수도 없는 노릇이고, 극단적으로 말해서 그렇지 않고서는 상상할 수 없는 자유를 누리려고 지구의 온 인류를 말살할 수도 없는 일입니다. 나의 감성, 그리고 나의 인류애가 그것을 허용하지 않았습니다.

  모든 것이 순조롭고 마음의 안정과 어디로든 왔다 갔다 할 수 있는 자유를 가질 수 있을 때, 그러한 정사(情事)에 젖어서 느끼게 되는 유일한 깊은 감정은 감사하다는 생각이었습니다. 그러고 보니 방금 한 여자와의 잠자리를 떠나오면 다른 여자에게 더할 나위 없이 상냥하고 쾌활하게 대했습니다. 어느 한 여자에게 진 빚을 모든 여자에게 갚는 것과 마찬가지였지요. 게다가 겉으로는 아무리 내 감정이 착잡한 듯해도 내가 얻는 결과는 명백했습니다. 나는 내 주변에 모든 애정을 유지하면서, 언제든지 마음대로 그것을 이용할 수 있었습니다. 그러니까 나 자신도 인정하는 바였지만, 내가 살 수 있으려면 다음과 같은 조건이 없어서는 안 됐어요. 즉 지구상의 모든 인간이, 또는 가능한 한 최대 다수의 인간들이 영원히 공백 상태로, 자주적 생활을 갖지 말고, 어느 때이고 내 부름에 응답할 태세를 갖추고, 내 광명으로써 내가 그들을 돕는 날까지 불모의 삶에 몸을 맡긴 채 나를 향하고 있어야만 했습니다. 다시 말해 내가 행복하게 살기 위해서는 내가 선택하는 사람들이 살지 말아야 했던 것입니다. 그들은 다만 내 의사에 따라 이따금씩 일시적으로 그들의 생명을 얻을 수 있어야만 했던 거예요.

나는 이러한 이야기를 전혀 자랑거리로 여기지는 않습니다. 나 자신은 아무것도 치르지 않으면서 모든 것을 요구하던 그 시절, 수많은 사람들로 하여금 나를 섬기도록 동원해 어느 날이고 필요할 때 꺼내 쓸 수 있게끔, 말하자면 그들을 냉장고 안에 넣어두던 그 시절을 생각할 때 나의 가슴속에 일어나는 야릇한 감정을 뭐라고 불러야 할지 모르겠습니다. 수치감이 아닐는지요? 수치감이란 게 좀 화끈거리지 않습니까? 그렇죠? 그렇다면 아마 그와 같은 감정일 거예요. 그렇지 않으면 명예에 관련된 쑥스러운 감정의 하나일 겁니다. 어쨌든 그 감정은 내가 기억의 한복판에서 발견한 사건이 있고 나서는 나를 떠난 적이 없는 것 같습니다. 여태껏 내 이야기는 번번이 탈선하기도 하고 이야기를 꾸미느라고 나는 퍽 노력도 했는데, 그걸 당신도 합당하게 여기리라고 기대합니다만, 그 사건에 대한 이야기는 더 미룰 수가 없습니다.

아! 비가 그쳤습니다그려. 제 집까지 좀 바래다주시지요. 몹시 피로하군요. 이야기를 해서 그런 게 아니고 계속해서 이야기할 걸 생각하기만 해도 피로하군요. 그렇지만 해야죠! 나의 중대한 발견을 알려드리는 데는 몇 마디 말이면 충분할 겁니다. 그리고 그 이상 더 말할 필요가 어디 있겠어요? 조각상을 고스란히 드러내려면 미사여구는 걷어치워야 합니다. 이야긴즉 이렇습니다. 등 뒤에서 웃음소리가 들린 듯한 생각이 들었던 그날 저녁보다 이삼 년 전 십일월의 일입니다만, 그날 밤 나는 센강 왼쪽 기슭으로 해서 집으로 가느라고 퐁루아얄을 건너려던 참이었습니다. 자정이 지나 한 시였는데, 가랑비라기보다 차라리 이슬비 같은 비가 내려서 드문 인기척마저 흩어져가고 있었습니다. 어떤 여자 친구와 막 헤어져 돌아오는 길이었고, 필시 그 여자는 벌써 잠들어 있었을 겁니다. 좀 흐리멍덩한 기분으로 걷는 것이 즐거웠습니다. 몸은 가라앉고 부슬부슬 내리는 비처럼 흐뭇한 피가 전신에 감돌고 있었습니다. 다리 위에서 난간에 허리를 굽히고 강물을 내려다보고 있는 듯한 사람의 모습 뒤로 지나가게 되었습니다. 가까이 다가가 보니 검정 옷을 입은 호리호리한 젊은 여자였어요. 거무스름한 머리와 외투 깃 사이로 잔득하게 젖은 목덜미가 드러나 내 가슴이 설레었습니다. 그러나 조금 망설이다가 가던 길을 계속 갔습니다. 다리 끝에서 그때 내가 살던 생미셸 거리로 향하는 둑길로 접어들었습니다. 벌써 한 오십 미터쯤 발길을 옮겼는데 물속으로 떨어지는 소리가 들렸어요. 상당히 먼 거리였지만 밤의 정적 가운데 내 귀에는 무척 요란스러웠습니다. 나는 우뚝 발길을 멈추었습니다만 뒤돌아보지는 않았습니다. 거의 동시에 비명이 들렸는데, 연거푸 몇 번 꼬리를 끌며 역시 강물을 따라 흘러내리더니 뚝 끊어져버렸습니다. 갑자기 얼어붙은 듯한 어둠 속에 그 뒤를 이은 침묵이 한없이 길게 느껴졌습니다. 달려가고 싶다고 생각은 하면서도 몸을 움직일 수가 없었어요. 서둘러야겠다고 생각했지만, 어찌할 수 없는 무기력이 온몸에 퍼지는 듯했습니다. 그때 내가 무슨 생각을 했는지 잊어버렸지만, 아마 '이미 늦었다. 너무 멀어……'라든가, 그 비슷한 생각이었을 거예요. 나는 그대로 얼마 동안 귀 기울이고 있다가 비를 맞으며 종종걸음으로 그곳을 떠났습니다. 그리고 아무에게도 알리지 않았습니다.

다 왔군요. 여기가 나의 집, 나의 피난처입니다. 내일요? 그러시지요. 좋으실 대로. 기꺼이 마르켄 섬으로 안내해드리겠습니다. 자위더르 바다를 보시게 될 겁니다. 열한 시에 멕시코시티에서 만나십시다. 뭐라고요? 그 여자 말입니까? 어떻게 됐는지 모릅니다. 정말 몰라요. 그 이튿날도, 그 후로도 나는 신문을 읽지 않았으니까요.

마치 인형처럼 알뜰한 마을이지요, 안 그렇습니까? 아름다운 풍경들이 정말 많습니다. 그렇지만 이 섬으로 모신 것은 풍경 때문이 아닙니다. 머리 모양이며 나막신이며 왁스 냄새가 풍기는 가운데 어부들이 향기로운 담배를 피우고 있는 곱게 장식된 집들, 그런 것은 누구나 보여드릴 수 있습니다. 그런데 나는 그와 반대로 이곳에서 중요한 것을 보여드릴 수 있는 몇 안 되는 사람들 가운데 하나입니다.

둑에 다다랐습니다. 너무나 아기자기한 저 집들에서 되도록 멀리 떨어지려면 이 둑을 따라가야 합니다. 좀 앉으십시다. 어떻습니까? 이야말로 부정적 풍경의 극치가 아닐 수 없습니다. 왼편의 저 잿더미들을 보세요. 이 고장에서는 모래언덕이라고 부르지요. 오른편에는 잿빛 둑, 발밑에는 납빛 모래밭, 눈앞에는 양잿물 같은 빛깔의 바다와 희끄무레한 물을 반영하고 있는 광막한 하늘이 보입니다. 참말 흐느적거리는 지옥 같습니다. 모두 편평한 것뿐이오, 광채라곤 조금도 없고, 공간은 무색, 생명은 죽었습니다. 만물의 소멸, 눈에 보이는 허무가 아니겠습니까? 무엇보다도 사람이 없습니다. 사람이 없어요. 드디어 무인지경이 되어버린 유성(遊星) 앞에 오직 당신과 나만 있을 뿐입니다. 하늘이 살아 있다고요? 옳은 말씀입니다. 사실 저 하늘은 두터워져서 깊은 구렁이 패기도 하고, 바람의 계단을 벌여놓기도 하고, 구름의 문을 닫아버리기도 합니다. 저건 비둘기들이에요. 네덜란드의 하늘은 몇백만 마리의 비둘기로 가득 차 있다는 걸 모르십니까? 보이진 않아요. 아주 높이 떠 있으니까요. 활개를 치고 한결같은 움직임으로 오르내리면서 바람 부는 대로 이리 밀리고 저리 밀리며, 검푸른 깃털의 파동으로 공중을 채우고 있는 거랍니다. 비둘기들은 높은 상공에서 1년 내내 기다립니다. 땅 위를 떠돌면서 두리번거리고 내려오고 싶어 합니다. 그렇지만 바다와 운하, 간판투성이의 지붕들밖에 없습니다. 내려앉을 만한 머리 하나 없지요.

    내가 무슨 소리를 하는지 모르시겠다고요? 사실은 좀 피로합니다. 나 자신도 내 이야기를 종잡을 수 없습니다. 친구들이 그렇게 칭찬해주던 명쾌한 말솜씨는 이제 없어져버렸어요. 친구들이라지만 그건 그저 원칙상 그렇게 말했을 뿐입니다. 이제는 친구도 없어졌습니다. 공범자들이 있을 뿐이에요. 그 대신에 수효는 늘었습니다. 인류 전체가 공범자들이니까요. 인류에는 우선 당신이 있습니다. 곁에 있는 사람이 언제나 첫 번째입니다. 친구가 없다는 걸 어떻게 아느냐고요? 지극히 간단합니다. 언젠가 친구 녀석들을 곯려주려고, 말하자면 친구란 녀석들을 벌하기 위해서 자살할까 하고 생각했던 날, 나는 그것을 알게 되었어요. 그러나 누구를 벌한단 말입니까? 어떤 자들은 놀랄 테지만, 아무도 벌을 받지는 않을 겁니다. 그래서 친구가 없다는 걸 깨달았지요. 설령 친구가 있었다 해도 그다지 나을 게 없었을 겁니다. 자살하고 나서 그 녀석들의 낯짝을 볼 수 있는 것이라면 해볼 만도 한 일이었지요. 그렇지만 땅속은 어둡고, 관은 두껍고, 염포는 불투명하거든요. 영혼의 눈으로는 그야 볼 수 있겠지요, 만약 영혼이라는 게 있고 그 영혼에 눈이 있다면. 그렇지만 그건 확실치 않습니다. 절대로 확실치 않아요. 만약 그게 확실하다면 해결책도 있을 테고, 진정한 대접을 받을 수도 있을 것입니다. 사람들은 가령 당신이 죽어야만 당신의 생각, 당신의 성실성, 당신의 심각한 괴로움을 알아줍니다. 그렇지만 살아 있는 동안에는 누구나 그 처지가 모호하고, 기껏해야 사람들의 회의(懷疑)의 대상이 될 뿐이에요. 그러니 죽은 뒤의 꼴을 볼 수 있다는 게 확실하기만 하다면, 사람들이 믿으려고 들지 않는 것을 증명하여 녀석들을 깜짝 놀라게 해줄 만도 하지요. 그렇지만 자살을 하고 나면 녀석들이 믿거나 말거나 소용없습니다. 세상을 떠났으니 녀석들의 놀라움이며 후회를—어차피 일시적인 것일 테지만—받아들일 수 없단 말입니다. 누구나 바라듯이 자기 자신의 장례식에 참여할 수는 없는 노릇이에요. 모호하기를 그치려면 그저 존재하기를 그치는 수밖에 없습니다.

한데 그런 편이 차라리 낫지 않을까요? 그렇지 않다면 녀석들의 무관심 때문에 우리 마음이 너무 아플 겁니다. "두고 보세요, 기막힌 일이 생길 테니" 하고, 어느 딸이 머리를 너무 반질하게 빗은 애인과의 결혼을 반대한 아버지에게 말했습니다. 그러고는 자살을 했어요. 그렇지만 아버지에게 기막힌 일은 조금도 생기지 않았습니다. 그 아버지란 사람은 낚시질을 무척 좋아하는 사내였는데, 석 주가 지나자 다시 냇가로 가기 시작한걸요. 잊어버리기 위해서라는 거였죠. 그리고 소원대로 정말 잊어버렸어요. 사실 그렇지 않았다면 놀라운 일이었을 겁니다. 아내에게 벌을 주기 위해서 죽어버린다고 생각하지만, 실상은 아내를 자유롭게 해주는 것에 지나지 않습니다. 그런 건 안 보는 편이 차라리 낫지요. 자기 행동에 녀석들이 제멋대로 붙이는 이유를 듣게 될 것은 말할 나위도 없고요. 내 경우를 생각해본다면 벌써부터 녀석들의 하는 소리가 들리는 것 같습니다. "그 친구가 자살을 한 건 견뎌내지 못했기 때문이지……." 아아, 여보세요, 인간의 생각이란 참 빈약하기 짝이 없어요. 한 가지 이유로서 자살을 하게 된다고 사람들은 믿고 있는 거예요. 그렇지만 두 가지 이유 때문에도 얼마든지 죽을 수 있는 겁니다. 그런데 그런 생각이 사람들의 머릿속에는 안 들어간단 말입니다. 그러니 자진해서 죽어본들 무슨 소용이 있겠습니까? 자기에 대해서 남이 가져주었으면 하는 그 관념에 자신을 희생시켜본들 무슨 소용이 있겠는가 말입니다. 당신이 죽어버리고 나면 녀석들은 당신의 행동에 어리석은 동기, 아니면 저속한 동기를 붙여서 이야기할 겁니다. 여보세요, 순교자는 결국 잊혀져버리든지, 비웃음을 받든지, 이용당하든지, 그중 어느 것을 선택할 수밖에 없어요. 남이 자기를 이해해준다는 건 결단코 있을 수 없는 일입니다.

그리고 단도직입적으로 말씀을 드리지요. 나는 삶을 사랑해요. 그것이 나의 진정한 약점입니다. 삶에 대한 나의 애착이 어찌나 강한지 생 이외의 것은 조금도 상상할 수 없습니다. 그토록 탐욕스럽다는 건 좀 상스러운 일이지요. 그렇게 생각 안 하십니까? 귀족계급이란 자기 자신이나 자기 자신의 삶에 대한 약간의 심리적 거리가 없이는 생각할 수 없는 겁니다. 필요하다면 목숨도 버리고, 굽히기보다는 차라리 꺾어져버리고 맙니다. 그렇지만 나는 굽힙니다. 나는 나 자신을 여전히 사랑하니까요. 여보세요, 여태까지의 내 모든 이야기를 듣고 나서, 나에게 무엇이 왔으리라고 생각하십니까? 자기혐오라고 생각하세요? 천만에, 내가 염증을 느끼게 된 건 특히 다른 사람들에 대해서입니다. 물론 나의 결함을 모르는 바 아니었고, 그것을 유감으로 여기기도 했지요. 그렇지만 나는 그것을 퍽 훌륭하다고 할 만큼 집요하게 잊어버리기를 계속했어요. 그 반면에 다른 사람들에 대한 힐난이 쉴 새 없이 내 마음속에 일어났습니다. 물론 못마땅하게 여기시겠지요? 아마 그건 논리적이 아니라고 생각하시겠지요? 그렇지만 문제는 논리적이어야 한다는 데 있지 않습니다. 문제는 슬그머니 빠져나가는 겁니다. 무엇보다도, 그렇습니다, 무엇보다도 문제는 심판을 회피하는 겁니다. 벌을 회피한다는 말이 아닙니다. 왜냐하면 심판 없이 벌을 받는다는 건 견딜 수 있으니까요. 그것에는 더구나 우리의 무죄를 보증해주는 한 가지 이름이 있습니다. 바로 불행이란 이름이지요. 아니에요, 그러니까 그와 반대로 심판을 방지하는 것, 심판받는 일을 피하도록 하는 것, 그리하여 절대로 판결이 언도되지 않도록 하는 게 문젭니다.

그렇지만 심판을 방지하기란 쉬운 일이 아닙니다. 심판하는 일이라면 오늘날 우리는 간통이나 마찬가지로 언제든지 하려고 듭니다. 다만 간통과 다른 점은 정력이 감퇴되는 일이 없는 거죠. 의심스러우시다면 팔월에 자비심 많은 우리 동포 양반들이 권태를 잊기 위해 전원생활을 찾아 모여드는 호텔의 식탁에서 들려오는 말에 귀를 기울여보세요. 그래도 결론을 내리기가 미심쩍다면 현대의 이름난 분들의 글을 좀 읽어보세요. 아니면 또 당신네 가족을 관찰해보세요. 그러면 아시게 될 겁니다. 여보세요, 녀석들에게 조금이라도 우리를 심판할 구실을 주어서는 안 됩니다! 그렇지 않으면 우리는 당장에 갈가리 찢기고 맙니다. 우리에게는 맹수를 다루는 사람과 같은 조심성이 필요해요. 맹수 다루는 사람이 만약 우리로 들어가기 전에 불행히도 면도 상처를 내든지 한다면 영락없이 맹수의 밥이 되고 말거든요! 아마도 나는 그렇게 훌륭한 인간이 못 될지도 모른다는 의심을 품게 되었던 어느 날, 나는 그것을 언뜻 깨달았습니다. 그때부터 나는 경계하게 되었어요. 피가 조금 흐르고 있으니까, 온몸이 피투성이가 될지도 모르는 일이었단 말입니다. 녀석들이 나를 잡아먹고 말리라는 생각이 들었지요.

나와 동시대 사람들의 관계는 표면적으로 전과 다름이 없었습니다만, 사실은 미묘한 파탄이 일어나게 되었습니다. 내 친구들은 달라지지 않았습니다. 그들은 여전히 기회가 있을 적마다 내 곁에 있으면 조화가 이루어지고 안전한 느낌을 얻을 수 있노라고 칭찬이 자자했어요. 그렇지만 나 자신은 부조화, 내 마음속에 퍼지고 있는 혼란밖에 느껴지지 않았어요. 그래서 상처 입기 쉽고, 뭇사람들의 비난에 내맡겨져 있는 것만 같았습니다. 인간들이 이제 내 눈에는 친숙하고 공손한 청중이기를 그쳐버리는 것이었어요. 내가 중심이 되어 있던 둘레가 무너져버리고, 사람들은 재판소에서 하듯이 가지런히 일렬로 자리를 잡더란 말입니다. 심판받아야 할 그 무엇이 내게 있지나 않은가 하는 생각이 든 때부터, 요컨대 그들에게는 억누를 수 없는 심판 버릇이 있다는 것을 나는 깨달았습니다. 그래요, 녀석들은 전과 다름없이 내 눈앞에 있었지만, 이제는 웃고 있었어요. 웃고 있었다기보다 차라리 내가 만나는 놈들은 저마다 웃음을 감추고 나를 바라보는 것 같았어요. 그 무렵 나는 놈들이 다리를 걸어 나를 넘어뜨리려는 것 같은 느낌까지 들었습니다. 사실 두서너 번 사람들이 모인 곳에 들어가다가 까닭 없이 발부리를 부딪친 일도 있습니다. 한 번은 나둥그러지기까지 했지요. 데카르트적 두뇌를 가진 프랑스인답게 나는 곧 정신을 가다듬어, 그러한 사고를 유일한 합리의 신(神), 즉 우연의 소치로 돌렸습니다. 하지만 경계심은 그대로 남아 있었어요.

 그렇게 주의를 하게 되자, 내게 적들이 있다는 걸 알아차리기는 조금도 어려운 일이 아니었습니다. 우선 직업상의 적들, 다음에는 사교 관계의 적들이었어요. 어떤 녀석들은 내가 친절을 베풀어준 사람들이었지만, 또 다른 녀석들은 친절을 베풀었어야 할 사람들이었습니다. 그러한 일은 요컨대 당연한 일이어서 그런 줄 알게 되어도 그다지 서글프진 않았습니다. 반면에 거의 알지도 못하는 사람들, 또는 전혀 모르는 사람들 중에도 적이 있다는 것을 인정하지 않을 수 없다는 게 더 어렵고 괴로운 일이었어요. 그 증거를 몇몇 보여드렸으니 당신도 아실 테지만, 나는 언제나 순진하게도 나를 모르는 사람들이라도 나와 사귀게 되면 나를 좋아하지 않고는 배길 수 없으리라고 생각했습니다. 그런데 웬걸요! 나를 멀리서밖에 알지 못하고 나 자신은 전혀 알지도 못하는 사람들 사이에 특히 나에 대한 반감이 있었어요. 아마 그들은 내가 충족하게 마음껏 행복에 빠져서 살고 있다고 생각했던 모양이지요. 그건 용인될 수 없는 일입니다. 성공의 겉모습은 남의 눈에 잘못 띌 경우엔 당나귀 같은 놈의 비위라도 건드리게 되거든요. 게다가 내 생활이 터질 지경으로 꽉 차 있는 관계로 틈도 없고 해서 나와 친분을 맺고자 하는 많은 사람들의 접근을 거절했었습니다. 그러고는 같은 이유로 거절해버린 사실을 잊어버리곤 했지요. 그렇지만 나에게 접근하려는 태도는 시간 여유가 없지 않은 사람들이 보여준 것이어서, 그들은 그러한 까닭으로 나의 거절을 잊어버리지 않았던 거예요.

그래서 한 가지 예만 들어보더라도, 여자들은 결국 나에게 값비싸게 먹혔습니다. 내가 여자들에게 바치는 시간, 나는 그것을 남자들에게 줄 수는 없었는데, 남자들은 그것을 언제나 용서하진 않더란 말입니다. 어떻게 하면 좋겠습니까? 행복이나 성공을 너그럽게 나누어주지 않으면 사람들은 그걸 용서하지 않아요. 그렇지만 행복해지려면 너무 남의 일을 걱정하지 말아야 합니다. 그러면 꼼짝 못하게 되고 마니까요. 행복을 붙들고 심판을 받든지, 용서를 받고 비참하게 살든지 할 수밖에 없는 일입니다.

나의 경우로 말하자면 훨씬 더 부당했습니다. 지난날의 행복 때문에 처단되었으니까요. 사방에서 심판이, 비난의 화살과 조소가 내게 퍼부어지고 있었는데도, 나는 오랫동안 멋모르고 싱글벙글 웃으면서 만사가 원만히 돌아간다는 환상 속에서 살았습니다. 경계심을 품게 된 날부터 사태가 명확히 드러나고 온갖 상처를 한꺼번에 받게 되어, 나는 졸지에 힘을 잃어버렸습니다. 그러자 우주 전체가 내 주위에서 웃기 시작했어요.

이야말로 어떠한 인간일지라도(살아 있다고 할 수 없는 사람들, 말하자면 현자들이 아니고서는) 견딜 수 없는 일입니다. 공격을 막아내는 유일한 길은 짓궂게 구는 것뿐입니다. 그래서 사람들은 자기 자신이 심판받지 않으려고 황급히 남을 심판하는 겁니다. 하는 수 없지요. 인간에게 가장 자연스러운 생각, 마치 인간 본성의 밑바닥에서 솟아오르듯 천연하게 떠오르는 생각은 자기에겐 죄가 없다는 것입니다. 그러한 관점에서 본다면 우리는 모두 그 꼬마둥이 프랑스인과 같습니다. 그 사내는 부헨발트 수용소에서 그의 도착을 기록하고 있던 서기에게—서기 자신도 포로였지만—이의신청을 해야겠다고 고집했지요. 이의신청이라니? 서기와 포로들은 웃었습니다. "소용없는 노릇이네, 이 친구야. 여기선 이의란 건 있을 수 없어." "하지만" 하고 그 꼬마둥이 프랑스인은 말했지요. "내 경우는 예외입니다. 나에겐 죄가 없어요!"

우리는 누구나 모두 예외입니다. 우리는 모두 무엇인가를 호소하고자 합니다. 누구나 모두 기어코 자기의 결백을 요구하려 들고, 그러기 위해서는 전 인류와 하늘이라도 고발하기를 서슴지 않습니다. 어떤 사람에게 노력 덕분에 총명해지고 관대해진 것에 대해서 칭찬을 해주어도, 그 사람은 별로 좋아하지 않을 겁니다. 그러나 반대로 그의 관대한 천성을 찬탄해주면 좋아서 어쩔 줄 모를 겁니다. 또 그와는 반대로, 어느 죄수에게 그의 과오는 그의 타고난 천품 탓도 성격 탓도 아니고 오직 불행한 사정 탓이라고 말해주면, 정말로 감사히 여길 것입니다. 그런 말을 변론 중에 한다면 그 녀석은 그 대목에서 눈물을 흘릴 겁니다. 그렇지만 천성이 정직하거나 총명하다는 것은 자랑거리가 될 것이 없고, 천성을 죄인으로 타고났다고 해서 사정 때문에 죄인이 된 것보다 책임이 더 무거운 것은 전혀 아닙니다. 하지만 그 염치없는 놈들은 특사를, 다시 말하면 책임 안 지기를 바라고, 뻔뻔스럽게도 천성의 정당성을 주장하고, 모순된 것이라도 사정을 구실로 삼은 변명을 붙이려 든단 말입니다. 요는 자기들에게는 죄가 없고, 자기들의 덕성이 선천적이기 때문에 의심할 여지가 없으며, 그리고 자기들의 과오는 어쩌다가 닥친 불행으로 야기된 것으로서 일시적인 것에 지나지 않는다는 거예요. 아까도 말씀드렸습니다만, 문제는 심판을 막는 데 있습니다. 한데 심판을 막는다는 건 어려운 일이고 천성에 대한 찬탄과 용서를 동시에 받는다는 건 지극히 곤란한 일인지라, 모두 부자가 되고 싶어 하지요. 왜 그러냐? 그걸 생각해본 적 있으십니까? 물론 권력 때문이지요. 그리고 또 무엇보다도 금력은 눈앞의 심판을 면할 수 있게 해주는 것이기 때문입니다. 금전은 지하철도의 군중에서 사람들을 꺼내다가 니켈 칠을 한 자동차 안에 넣어주고, 아무나 들어갈 수 없는 널따란 정원이며 침대차며 특등 선실에 혼자 있게 해주니까요. 금력이란 건 방면(放免)까지는 못 될망정 집행유예쯤은 되는 겁니다. 어쨌든 얻어놓고 볼 만하거든요.

무엇보다도 당신 친구들이 솔직한 말을 해달라고 할 때 그들을 믿어서는 안 됩니다. 그들은 다만 그들이 스스로에 대해 품고 있는 좋은 평가를 당신이 보장해주기를 바랄 뿐입니다. 솔직히 의사 표명을 하겠다는 당신의 약속에서 그들은 한층 더 확신을 얻게 될 테니까, 그걸 바랄 뿐이에요. 솔직하다는 게 어떻게 우정의 조건이 될 수 있겠습니까? 한사코 진실을 애호하는 버릇은 아무것도 용서함이 없고, 그것에는 아무것도 저항할 수 없는 일종의 광증입니다. 그것은 하나의 고질이어서 때로는 편리하기도 하고, 또는 에고이즘이 되기도 합니다. 그러니까 만약 당신이 그런 경우에 부닥치거들랑 서슴지 마세요—솔직히 말하겠노라고 약속을 하고 나서 될 수 있는 대로 거짓말을 늘어놓으십시오. 그러면 그들의 깊은 욕망에 응하고 그들에 대한 당신의 우정을 이중으로 증명하게 될 것입니다.

그건 어쩔 수 없는 사실이기 때문에, 우리는 우리보다 나은 사람에게 흉금을 털어놓고 이야기하는 일이 별로 없습니다. 차라리 우리는 그런 사람들과의 교제를 피하게 됩니다. 대개는 그와 반대로 자기와 비슷하고 자기와 같은 약점을 가진 사람에게 마음을 털어놓습니다. 그러니 우리는 제 결점을 교정하고 싶어 하지도 않고, 남에게 교정받고 싶어 하지도 않는 겁니다. 그러자면 우선 잘못이 있다는 판결을 받아야 할 것입니다. 우리는 다만 동정을 받고, 자신이 걷고 있는 길에서 격려를 받고 싶어 할 뿐이에요. 결국 죄를 짊어지기도 싫고 결백해지려고 노력하기도 싫은 겁니다. 충분한 시니시즘도 없고 충분한 용기도 없어요. 우리에겐 악의 에너지도 선의 에너지도 없습니다. 단테를 아십니까? 정말 아세요? 허! 그럼 단테가 신과 악마 사이의 투쟁 가운데 중립적 천사들의 존재를 인정하고 있다는 걸 아시겠군요. 그리고 단테는 그 천사들이 있는 데가 지옥 변경(邊境)이라는데, 말하자면 지옥의 현관이지요. 우리도 현관에 있는 셈입니다.

인내심요? 그렇지요, 당신 말이 옳습니다. 우리에게는 최후의 심판을 기다리는 인내심이 필요할 거예요. 그렇지만 마음이 바쁜 걸 어떡합니까? 하도 바빠서 나는 고해 판사가 되지 않을 수 없었어요. 그렇지만 우선 나는 내가 발견한 사실들을 처결하고, 인간들의 웃음에 대비해야 했습니다. 나를 부르는 소리를 들은 그날 밤 이후로 — 정말 나를 부른 거였으니까요 — 나는 대답을 해야 했고, 적어도 대답을 찾아야 했습니다. 그건 쉬운 일이 아니었습니다. 나는 오랫동안 방황했지요. 우선 그 끊임없는 웃음소리와 웃는 사람들은 나의 내면을 전보다 더 명확히 볼 수 있도록 가르쳐주게 될 수밖에 없었습니다. 마침내 나는 단순하지 않다는 걸 깨닫게 해주었어요. 웃지 마세요. 이 진리는 겉보기처럼 그렇게 기본적인 것이 아닙니다. 사람들이 기본적 진리라고 부르는 것은, 다른 모든 진리 뒤에 발견되는 진리를 말하는 겁니다.

 어쨌든 오랜 자기 탐구 끝에 나는 인간의 깊은 이중성을 밝혔습니다. 그리하여 나는 내 기억을 탐색한 결과 나의 겸손은 남의 이목을 끄는 데 도움이 되고, 겸양은 남을 이기는 데 도움이 되며, 미덕은 남을 압박하는 데 도움이 되고 있다는 걸 깨달았습니다. 나는 평화적 방법으로 전쟁을 했고, 결국 청렴한 듯한 수단으로 내가 탐하는 모든 것을 쟁취했습니다. 가령 나는 사람들이 내 생일을 잊어버리는 것을 불평하지 않았고, 그러한 일에 내가 담백한 것을 사람들은 감탄의 빛을 보이면서 놀라기까지 했지요. 그러나 나의 청렴에는 좀 더 깊숙이 숨은 이유가 있었습니다. 나는 스스로 그것을 슬퍼할 수 있기 위해서 남들이 내 일을 잊어주기를 바랐던 것입니다. 나 자신만은 잘 알고 있는 각별히 영광스러운 그날이 되기 며칠 전부터, 미처 그것을 생각지 못해주었으면 하고 내가 기대하던 사람들의 주의나 기억을 깨우칠 만한 눈치를 조금도 보이지 않도록 조심하면서(한번은 방 안 달력을 고쳐버릴 생각까지 하지 않았겠습니까?), 나는 사람들의 동정을 살펴보았어요. 나의 고독이 확실해지면 나는 꿋꿋한 슬픔에 잠겨 쾌감을 느낄 수 있었습니다.

그처럼 나의 모든 미덕에는 그 표면을 벗겨보면 그다지 떳떳하지 못한 이면이 있었습니다. 어떤 의미로는 나의 결점들이 나에게 유리한 결과를 가져오게 되었던 것도 사실입니다. 생활의 불미스러운 부분을 감추지 않을 수 없기 때문에, 이를테면 내가 냉담한 듯한 태도를 보이자 사람들은 그걸 미덕에 기인하는 태도와 혼동했고, 나의 무관심은 사람들의 호감을 샀으며, 나의 극도의 에고이즘이 너그러움으로 인정되었습니다. 그만해두겠습니다. 여러 가지 사실을 너무 정연하게 늘어놓으면 내 논증이 약해질 우려가 있습니다. 그런데 글쎄 무뚝뚝하게 도사린 나였지만, 술과 여자에게는 도저히 저항할 수 없었답니다. 나는 활동적이요 정력적이라는 평판을 받았지만, 나의 왕국은 잠자리였어요. 나는 나 자신의 성실성을 드높이 부르짖었지만, 내가 사랑한 사람으로서 결국 내게 배반을 당하지 않은 사람은 아마 하나도 없을 겁니다. 물론 배반을 하면서도 사랑에는 변함이 없었고, 무감하고 무정한 탓에 여간한 일이라도 손쉽게 해치우고, 언제나 나로서는 쾌감을 느낄 수 있는 일이기 때문에 남을 돕기를 그치지 않았지요. 그러나 그러한 명백한 사실들을 스스로 되풀이해 열거해보아도 소용없는 일이어서, 피상적인 위안밖에는 얻을 수 없었습니다. 어떤 때는 아침에 변호를 맡은 사건을 끝까지 검토하고 나서, 내가 특히 뛰어나게 잘하는 일은 남을 멸시하는 것이라는 결론에 도달하곤 했습니다. 내가 가장 흔히 도와준 사람들이 바로 내 멸시를 가장 많이 받는 사람들이었거든요. 친절스러운 태도와 지극히 감동적인 우애심을 나타내면서 나는 매일같이 모든 장님의 얼굴에다 침을 뱉고 있었던 겁니다.

솔직히 말해서 거기에 무슨 변명이 있을 수 있겠습니까? 한 가지 있기는 하지만, 너무 한심한 거라 내세울 생각조차 할 수 없었습니다. 하여튼 이런 것입니다. 즉 나는 인간사가 심각한 일이라고 깊이 믿을 수 있었던 적이 없습니다. 심각한 일이 어디 있는지 나로선 알 수가 없었습니다. 내 눈앞에 보이는 모든 일에는 그런 게 없다고만 생각되었어요. 무엇이나 재미있지 않으면 귀찮은 장난 같았습니다. 노력이라든가 신념이라든가 하는 것이 사실로 있지만, 나는 그것을 이해할 수 없었습니다. 나는 돈 때문에 죽는다든가, '지위'를 잃은 탓으로 절망한다든가, 가문의 번영을 위해서 결연히 제 몸을 희생한다든가 하는 이상한 사람들을 언제나 좀 놀라고 의아스러운 눈으로 바라보았습니다. 그보다는 금연할 생각을 하고 굳은 의지로써 성공한 나의 친구를 더 잘 이해할 수 있었어요. 그런데 그 친구는 어느 날 아침 신문을 펼쳐 들고 최초의 수소폭탄이 폭발되었다는 기사를 읽고는, 그 어마어마한 효력을 알게 되자 지체 없이 담배 가게로 들어갔답니다.

물론 때로는 나도 인생을 심각하게 생각하는 척했습니다. 그러나 금세 심각성 자체가 하찮다는 생각이 들어서, 그저 될 수 있는 대로 교묘히 내 역할 연기를 계속했습니다. 나는 효과적인 역할로써 총명한 체, 덕스러운 체, 선량한 시민으로서 분개하기도 하고 관대하기도 한 체, 협동 정신을 발휘하고 남의 모범이 되는 체했지요……. 그만해두겠습니다. 요컨대 이미 아셨겠지만, 거기 있으면서도 거기에 없는 네덜란드 사람들과 마찬가지였습니다. 차지한 내 자리가 가장 컸을 때, 나는 살아 있지 않은 셈이었어요. 내가 성실하고 열렬했던 것은 다만 스포츠를 했을 때와, 군대에서 장난으로 상연한 연극에 출연했을 때뿐이었습니다. 그 두 경우에는 장난 규칙이 있어서, 심각한 게 아니지만 심각한 것으로 여기고 노는 겁니다. 지금도 터질 듯이 초만원을 이룬 스타디움에서 볼 수 있는 일요일의 운동경기장과, 내가 무엇보다도 좋아한 극장은 나에게는 죄의식을 안 느낄 수 있는 유일한 장소입니다.

그렇지만 사랑이며 죽음이며 빈곤한 사람들의 임금이 문제될 때에 그런 태도를 누가 정당하다고 인정하겠습니까? 하지만 어찌할 도리가 있어야죠? 이졸데의 사랑 같은 것은 나로서는 소설이나 무대에서밖에 상상할 수가 없었어요. 죽음을 눈앞에 둔 사람들이 내게는 자기 역할을 연기하기에 여념이 없는 것으로 보인 적이 있습니다. 내게 변호를 부탁하는 가난한 사람들의 이야기는 언제나 같은 틀에 맞는 것으로 보였습니다. 그러니 사람들 틈에 끼어 살면서도 그들의 이해관계에 동감할 수 없어서, 나는 내가 맡는 일을 진정으로 믿을 수 없었습니다. 사람들이 나의 직업, 나의 가정, 또는 나의 시민 생활에서 기대하는 것에 응할 수 있을 만큼 나는 친절하고 동시에 무심했습니다만, 그때마다 어쩐지 방심한 듯한 심정에서 결국은 모두가 허황해져버렸어요. 나의 온 생애를 나는 이중 심리로 산 셈이어서, 내 가장 중대한 행동이 가장 책임을 느끼지 않아도 좋을 경우의 행동이었습니다. 내가 더욱 쑥스러운 것으로서 나 스스로를 용서할 수 없게 되어, 내 마음속에, 또 내 주위에 발동되고 있는 것이 느껴지던 비판에 맹렬히 반항하고 급기야 탈출구를 찾지 않을 수 없게 된 것은 결국 그 까닭이 아니었을까요?

얼마 동안 나의 생활은 겉으로 보기에 아무런 변화도 없는 듯이 계속되었습니다. 나는 궤도를 타고 있었으니 그대로 굴러갔지요. 그러나 공교롭게도 내 주위에서는 찬사가 더욱 자자했습니다. 화근은 바로 그러한 데서 왔습니다. 생각나십니까? "모든 사람이 그대를 칭찬할 때 그대에게 불행이 있으리라"는 말이 있지요. 참으로 명언입니다. 나에게 불행이 닥쳤어요! 그래서 기계는 망령을 부리고 알 수 없는 고장을 일으키기 시작했습니다.

나의 일상생활에 죽음에 대한 생각이 침입한 것은 그때였습니다. 내가 죽을 때까지 몇 해나 남아 있을까 헤아려보기도 하고, 나와 같은 연배로서 이미 죽은 사람의 예를 찾아보기도 했습니다. 그리고 내게는 내 임무를 다할 시간이 없으리라는 생각이 들자 괴로웠습니다. 내 임무란 무엇인지 그건 나도 모르죠. 솔직히 말해서 내가 하고 있던 일, 그게 계속할 만한 값어치가 있는 일이었을까요? 그렇지만 문제는 꼭 그런 것도 아니었습니다. 사실은 일종의 우스꽝스러운 위구심(危懼心)에 나는 쫓기고 있었습니다. 거짓을 모두 고백하지 않고는 죽을 수 없다는 생각이 들었어요. 신이나 신의 대리자에게 고백해야 한다는 건 아니었습니다. 짐작하시겠지만 나는 그런 덴 초연한 사람입니다. 그런 게 아니라 인간들에게, 가령 어느 친구라든지 사랑하는 여자에게 고백해야 할 거란 말입니다. 그렇게 하지 않고는, 일생에 숨긴 거짓이 단 하나뿐일지라도 죽음은 그것을 결정적인 것으로 만들어버릴 겁니다. 아무도 그 일에 관해서는 진상을 알 수 없게 될 겁니다. 왜냐하면 진상을 아는 유일한 사람은 그 비밀 위에 잠들어버린 죽은 사람뿐이니까요. 그러한 진실의 말살, 그걸 생각하면 현기증이 날 지경이었습니다. 지금이라면 —여담이지만— 오히려 미묘한 쾌감을 느낄 수 있었을 거예요. 가령 나 혼자만 모든 사람이 찾고 있는 것을 알고 있다든지, 경찰관 셋이 아무리 뛰어다녀도 찾아내지 못하는 물건을 내 집에 갖고 있다든지 하는 건 생각만 해도 통쾌하기만 합니다. 그건 그렇지만, 당시에는 그런 생각도 못 하고 나는 고민했어요.

물론 반발을 하기도 했습니다. 수많은 세대의 역사 속에서 어느 한 사람의 거짓쯤이 뭐 중요하겠는가, 세월의 대해 가운데, 바닷속의 소금 한 알처럼 파묻혀버린 사소한 허위를 진실의 광명으로 끌어내보았댔자 무슨 소용이 있단 말인가! 그리고 또 육체의 사멸은, 내가 보아온 예들로 판단하건대 충분한 벌이요 모든 것을 속죄해주는 것이라고 나는 생각하고 있었어요. 그때 사람은 단말마의 땀을 흘려 구원을(즉 결정적으로 사라져버리는 권리를) 얻는 것이라 생각했지요. 그러기는 했어도 불안감은 커지기만 하고 죽음은 나의 머리맡을 떠나지 않아 눈을 뜨면 죽음이 곁에 있었고, 게다가 남들이 치하하는 말을 점점 더 견딜 수 없게 되었습니다. 그와 더불어 거짓이 더욱 엄청나게 들어가서 도저히 수습할 수 없을 것 같았어요.

급기야 참을 수 없는 날이 오고야 말았습니다. 내 최초의 반응은 걷잡을 수 없었습니다. 어차피 거짓말쟁이인 바에야 그것을 드러내고 나의 기만성을, 바보 같은 녀석들이 알아차리기 전에 그놈들의 낯짝에다 후려갈겨주리라. 가면을 벗도록 몰리자 도전으로 응수하는 셈이었습니다. 결국 여전히 심판을 막으려는 것이었지요. 비웃음을 회피하려고 만인의 멸시 속으로 뛰어들 생각을 했던 것입니다. 나를 비웃는 자들을 내 편으로 삼든지, 그렇지 않으면 적어도 그 녀석들과 한패가 되려고 했습니다. 가령 나는 길가에서 장님들을 떠밀어 넘어뜨릴 생각을 했습니다.

그러자 마음속에 느껴지는 뜻하지 않은 음흉한 기쁨으로 보아, 내 마음의 일부분이 얼마나 그들을 증오하고 있는가 알 수 있었습니다. 또 불구자들이 타고 다니는 조그만 차 타이어에 구멍을 내버린다든가, 노동자들이 일하고 있는 발판 밑으로 가서 "이 빌어먹을 자식들" 하고 소리를 지른다든가, 지하철도 찻간에서 갓난아기를 할퀴는 짓 따위를 할 생각도 했습니다. 나는 그러한 일들을 상상했을 뿐 하나도 실천하지는 않았습니다. 그와 비슷한 일을 했다 하더라도 무슨 일이었는지 잊었습니다. 어쨌든 정의라는 말까지도 나를 이상하리만큼 격분시켰습니다. 변론에도 어쩔 수 없이 여전히 그 말을 사용했지만, 나는 공공연히 인애(仁愛) 정신을 저주함으로써 앙갚음을 했습니다. 나는 핍박받는 자들이 선량한 사람들에게 가하는 압박을 고발하는 선언문을 발표할 것을 예고하기도 했습니다. 어느 날 한 레스토랑에서 새우 요리를 먹고 있는데, 거지 하나가 귀찮게 굴기에 나는 그 녀석을 내쫓으려고 주인을 불렀지요. 그러고는 그 응징자의 말에 소리 높여 갈채를 보냈어요. "방해가 되지 않나!" 하고 그는 말했습니다. "이분들과 입장을 바꿔 생각해봐!" 끝으로 나는 넌지시 여러 사람들에게 희한한 성격을 가진 러시아 지주처럼 하지 못하는 게 유감이라고 말했습니다. 러시아 지주는 자신에게 인사하는 농부와 인사하지 않는 농부를 동시에 매질하게 했는데, 어느 쪽이나 버르장머리가 없으니 벌을 줘야 한다는 거였죠.

하지만 그보다 더 허황된 일도 생각납니다. 나는 〈경찰에 바치는 소시(小詩)〉와 〈단두대 찬가〉를 쓰기 시작했고, 특히 직업적 휴머니스트들이 모이는 카페를 정기적으로 방문하기로 했습니다. 내 과거의 이력으로 말미암아 나는 물론 환영을 받았습니다. 거기 들어서자 태연스레 나는 상스러운 말을 던지곤 했어요. "하느님, 고마워라……"라든가, 그저 "어이쿠, 하느님!"이라든가 말입니다. 술집에 모여드는 무신론자라는 패가 얼마나 소심한 신도들인지 당신도 아시겠지요. 그러한 폭언이 떨어지면 한순간 그들은 모두 깜짝 놀라는 표정이었고, 어안이 벙벙해서 서로 얼굴을 쳐다보다 장내가 소란해지면서 어떤 패는 카페 밖으로 뛰쳐나가고 어떤 패는 내 말에 귀 기울이지도 않고 분격해서 중얼거리는데, 모두 성수(聖水)의 물벼락을 맞은 악마들처럼 꿈틀거리면서 몸을 비틀었어요.

당신은 그러한 일을 유치하다고 생각하실 겁니다. 그렇지만 그런 장난에는 아마 더 심각한 이유가 있었을지도 모릅니다. 나는 연극을 뒤틀어버리고 싶었습니다. 그렇습니다. 특히 세인들의 그 호평을 파괴해버리고 싶었던 겁니다. 그건 생각만 해도 화가 치밀어 올랐어요. 모두가 상냥스럽게 "당신 같은 사람은……" 하고 말했는데, 그러면 나는 파랗게 질려버리곤 했습니다. 그들의 존경은 일반적인 것이 못 되었기에 나는 받고 싶지 않았어요. 나 스스로가 그 존경에 동감하지 않는데 그게 어떻게 일반적일 수 있겠습니까? 그러니 평판이니 존경이니 하는 모든 것을 비웃음의 외투로 덮어버리는 편이 차라리 나았습니다. 나는 숨이 막히도록 답답한 심정을 어떻게 해서든 풀어야만 했습니다. 내가 어디서나 내세우던 허울 좋은 마네킹의 뱃속에 들어 있는 것을 사람들의 눈앞에 보이기 위해서, 그것을 부수고자 했던 겁니다. 그러한 예로서 젊은 변호사 시보들 앞에서 해야 했던 연설이 생각납니다. 나를 소개한 변호사회 회장의 어처구니없는 찬사에 화가 나서 나는 오래 참을 수 없었습니다. 사람들이 내게 기대하고 나로서도 어렵지 않게 가장할 수 있었던 열의와 감동 어린 어조로 나는 이야기를 시작했습니다. 그런데 변호의 수단으로서 나는 갑자기 혼합법을 권하기 시작했지요. 도둑놈과 착한 사람을 동시에 재판하여 도둑놈의 죄를 착한 사람에게 뒤집어씌우는 현대적 취조 방법을 통해 지극히 발달한 혼합법이 아니라, 반대로 착한 사람, 재판의 경우로 말하자면 변호사의 죄를 역설함으로써 도둑놈을 변호한다는 말이라고 했습니다. 그 점에 관해서 나는 명확히 내 생각을 설명했습니다.

"가령 질투심 때문에 살인을 저지른 가엾은 어떤 시민의 변호를 내가 맡았다고 합시다. 나는 이렇게 말할 것입니다. '배심원 여러분, 선량한 천성이 암상스러운 성적 본능에 의해 실연을 당하는 것을 볼 때 격분했다고 해서 무슨 죄가 있을까 생각해보십시오. 그와 반대로 선량한 적도 없고 기만당하여 괴로움을 겪어본 일도 없이 법정 이편에, 내 자신의 자리에 앉아 있다는 것이 더 중한 죄가 아니겠습니까? 나는 여러분의 엄격한 비판을 받음이 없이 자유롭습니다. 그렇지만 나는 어떤 사람입니까? 거만하기로 말하면 그야말로 태양 시민이요, 엉큼한 음란의 숫양이요, 골을 내면 이집트의 파라오요, 나태의 왕자입니다. 나는 아무도 죽이지 않았습니다. 아직까지는 죽이지 않았습니다. 그렇지만 내가 훌륭한 사람들이 죽는 것을 그대로 내버려둔 일이 없었을까요? 아마 있을 겁니다. 그리고 아마 그런 일을 앞으로도 계속할 생각을 갖고 있을 겁니다. 반면에 저 사람을 보세요. 저 사람은 다시는 안 할 것입니다. 일이 그렇게 거침없이 된 데 아직도 놀라고 있을 뿐이니까요.'" 그런 말은 나의 젊은 동료들을 좀 불안하게 했습니다만, 잠시 후 그들은 웃어버리고 말았습니다. 결론에 이르러 내가 인간성과 의당 이에 따라야 할 것으로 생각되고 있는 권리를 힘 있는 말투로 호소하자, 그들은 완전히 안심한 눈치였어요. 그날은 아무래도 습관의 힘이 제일 컸습니다.

그러한 악담을 되풀이해보았지만, 그것으로 나는 그저 세평을 좀 어리벙벙하게 할 뿐이었습니다. 세평을 가라앉힐 수도 없었고, 더구나 내 마음을 가라앉힐 수는 없었습니다. 내 이야기를 듣는 사람들이 대체로 보이던 놀라움, 말 없는 어색한 표정—그건 당신 얼굴에 나타나 있는 것과 비슷한 것이었죠(아니, 부인하지 마십시오) — 같은 것은 나의 마음을 조금도 가라앉혀주지 못했습니다. 죄의식을 떨쳐버리려면 그저 자책만 해서는 안 됩니다. 그렇지 않다면 나는 순결한 어린양이 되었을 거예요. 자책에도 알맞은 방식이 필요한데, 그걸 알아내느라고 나는 오랜 시간이 걸렸고, 모든 것에서 완전히 버림을 받고서야 비로소 발견할 수 있었습니다. 그때까지는 웃음이 내 주위에 떠돌기를 그치지 않았고, 아무리 몸부림치며 애써도 그 웃음에서 상냥스럽고 거의 다정스럽기까지 하건만 내 마음에 언짢게 여겨지던 것을 제거해버릴 수가 없었어요.

그런데 밀물이 드는 모양이군요. 우리 배도 이제 곧 떠날 때가 됐습니다. 해도 기울어갑니다. 보세요, 비둘기들이 저 높이 모이고 있습니다. 서로 몸을 맞대도 거의 움직이지도 않습니다. 날이 어두워가지요. 잠깐 이야기를 멈추고, 이 적이 음침한 시각을 맛보지 않으시렵니까? 아니, 내 이야기에 더 흥미를 느끼신다고요? 참 정직하시군요. 하긴 이제부터 내 이야기가 정말 당신에게도 관계가 있을지 모릅니다. 회개한 판사들에 관한 설명을 해드리기 전에 방탕과 고난실에 관한 이야기를 해야겠습니다.

천만에, 그렇지 않습니다. 배는 빠른 속도로 달리고 있습니다. 그러나 자위더르 해는 사해(死海)거나, 거의 그 비슷한 겁니다. 질펀한 연안이 안개에 싸여 있어서, 이 바다는 어디서 시작되어 어디서 끝나는지 알 수가 없습니다. 그러니 지표가 될 만한 것이 전혀 없어 배의 속도를 헤아릴 도리가 없습니다. 우리는 그저 전진할 뿐 달라지는 게 조금도 없습니다. 항해가 아니고 꿈이지요.

그리스의 다도해에서는 인상이 전혀 반대였습니다. 새 섬들이 잇달아 수평선 위로 나타나고, 나무도 없이 뻔뻔한 그 등성이들은 하늘의 한계를 긋고, 바위투성이 연변은 바다 위에 뚜렷이 드러나 보였습니다. 희미한 것이라곤 아무것도 없고, 명확한 광명 가운데 모든 것이 지표였습니다. 그래서 조그만 배를 타고 끊임없이 이 섬에서 저 섬으로 옮겨가노라면, 배는 슬며시 미끄러져 가건만 마치 파도와 웃음이 가득 찬 항로를 달리며 밤낮으로 시원한 잔물결을 타고 뛰어 오르는 듯한 인상이었어요. 그때부터 그리스란 지방 자체가 한결같이 내 마음속 어느 구석에, 내 기억 한 기슭에 늠실거리고 있습니다……. 허! 나도 늠실늠실 떠내려가는데요. 이렇게 서정적 기분에 사로잡혀서야! 좀 멈춰주십시오. 이러면 안 되겠습니다.

그런데 그리스에 가본 적 있으십니까? 없으세요? 다행입니다. 거기서 무엇을 할 수 있겠어요. 생각해보십시오. 순결한 마음을 가진 사람이나 갈 곳이지요. 거기서는 친구들이 둘씩 손을 맞잡고 거리를 산책한다는 걸 아십니까? 그렇습니다. 여자들은 집에 남아 있고, 수염을 기른 점잖은 중년 남자들이 서로 손가락을 끼고 거리를 유유히 활보한답니다. 동양에서도 가끔 그런 일이 있다고요? 그렇습니까? 그렇지만 파리의 길가에서 당신은 내 손을 잡고 다닐 수 있겠어요? 아, 어림도 없습니다. 우린 몸을 단정히 하지요. 때 묻은 몸이라 점잖은 체하는 겁니다. 그리스 섬으로 가기 전에 우리는 오래오래 몸을 씻어야 할 겁니다. 거기는 공기가 깨끗하고, 바다도 쾌락도 맑습니다.

이 의자에 앉으십시다. 대단한 안개군요! 고난실에 관한 이야기를 하려다 말았지요. 이제 그 이야기를 해드리겠습니다. 그처럼, 말하자면 몸부림을 치고 안하무인격의 불손한 짓을 할 대로 다 해봐도 내 노력이 헛됨에 맥이 풀려, 나는 인간 사회를 떠나기로 결심했습니다. 아니, 무인도 같은 걸 찾은 건 아니에요. 그런 건 이미 없습니다. 그저 여자들에게로 피신을 한 거지요. 아시다시피 여자란 어떠한 유약함도 정말로 탓하진 않습니다. 오히려 우리 힘을 억누르거나 꺾어버리지요. 그렇기 때문에 여자는 전사에 대한 보상이 아니라, 범죄자에 대한 보상입니다. 여자는 범죄자의 항구요 피난처여서, 범죄자는 대개 여자의 침대에서 체포됩니다. 지상낙원에서 우리에게 끝으로 남겨진 것이 바로 여자가 아니겠습니까? 당황한 나는 결국 천연의 피난처로 달려갔습니다. 그렇지만 전처럼 감언을 늘어놓진 않았어요. 습관적으로 여전히 좀 연극을 꾸며대긴 했지만, 새로운 술책을 생각해내진 못했습니다. 또 무슨 상스러운 말이 튀어나올까 봐 고백을 해야 좋을지 어떨지 모르겠습니다만, 그 당시 나는 사랑에 욕망을 느꼈던 것 같아요. 추잡하지요? 어쨌든 일종의 은은한 고통을 느끼고 무엇인가 부족한 느낌이 들자, 점점 더 공허감에 빠져서 한 절반은 어쩔 수 없이, 한 절반은 호기심에 끌려서 몇몇 여자와 관계를 맺게 되었어요. 사랑하고 싶고, 또 사랑받고 싶었던 까닭에 나는 어느 여자에 대해서도 연정을 품고 있나 보다 했지요. 다시 말하면 동물적 본능을 드러냈던 겁니다.

그런 일에는 노련한 사내로서 그때까지는 항상 피해오던 질문을 나 자신도 모르게 하고 있는 것을 발견하는 때가 많았습니다. "나를 사랑해?" 하고 묻는 내 목소리가 들리곤 했어요. 그러한 경우에 "당신은 어때요?"라는 대답이 보통이라는 건 당신도 아시지요? 만약에 사랑한다고 대답하면 나는 실제의 감정을 넘어서는 것이 되겠고, 대담하게 사랑하지 않는다고 대답하면 사랑받을 수 없게 될 염려가 있고 해서 마음이 괴로운 일이었습니다. 나에게 안식을 줄 수 있으리라고 기대했던 감정이 위협을 받으면 받을수록, 더욱더 상대방 여자에게 그것을 요구했습니다. 그래서 나는 점점 더 명백한 언약을 하게 되고, 내 마음에 대해서 점점 더 넓은 감정을 요구하기에 이르렀습니다. 그렇게 해서 어떤 예쁘장한 얼간이 여자에게 어름어름 열정을 품게 되었는데, 그 여자는 도색잡지 애독자여서 계급 없는 사회를 예언하는 인텔리와도 같은 확신과 신념을 가지고 사랑을 이야기했어요. 그러한 신념에는, 당신도 아시겠지만, 다른 사람도 마음이 끌리기 쉬운 것입니다. 나도 사랑의 이야기를 시험 삼아 해본다는 것이 마침내는 나 자신도 그걸 믿어버리게 되었지요. 적어도 그 여자가 나의 정부가 되고, 도색잡지란 것이 사랑에 관한 이야기를 하는 건 가르쳐주지만 사랑의 행동은 가르쳐주지 못한다는 걸 알게 되기까지는 그랬습니다. 앵무새를 사랑하고 나서 나는 뱀과 동침하지 않으면 안 되었던 겁니다. 그래서 책들이 약속해준 사랑, 그러나 현실에서는 한 번도 만나보지 못한 사랑을 나는 다른 데서 찾으려 했습니다.

그러나 나에게는 훈련이 부족했어요. 삼십 년 이상이나 나는 오로지 나 자신만을 사랑했으니까요. 그런 습관을 버리게 되기를 어떻게 바라겠어요? 그 습관을 나는 버리지 못했고, 충동적인 애욕을 따랐을 뿐입니다. 나는 함부로 사랑을 맹세했지요. 전에도 수많은 여자와 관계를 가졌던 것처럼, 동시에 많은 연애 관계를 맺었습니다. 그리하여 나는 태연스럽게 냉정한 태도를 취하던 때보다도 더 많이 다른 사람들의 불행을 빚어내게 됐습니다. 그 앵무새 같은 여자가 절망에 빠져 먹기까지 거부하며 죽어 버리려고 했다는 걸 말씀드렸던가요? 다행히 나는 때늦지 않게 달려가서, 그 여자가 애독하던 주간잡지에 예언되었던 대로 발리 섬에서 돌아온 귀밑머리 희끗희끗한 기사(技師)를 그 여자가 만나게 될 때까지, 할 수 없이 그 여자와 손을 놓지 않고 지낼 수밖에 없었답니다. 어쨌든 나는 흔히 말하는 것처럼 영원히 애욕을 떠나 거기서 해방되기는커녕 계속해서 과오와 비행의 무게를 더했습니다. 마지막엔 사랑이라는 것에 진절머리가 나서, 몇 해 동안이나 〈장밋빛 인생〉이며 〈이졸데의 정사(情死)〉 같은 노래는 듣기만 해도 이가 갈릴 지경이었어요. 그래서 나는 어떤 의미로서는 여자를 단념하고 순결한 상태로 살아보려고 했죠. 결국 여자들의 우정만으로 족할 것 같았던 겁니다. 그런데 그건 연극을 단념해야만 될 일이었거든요. 정욕을 떠나서는 여자들이란 재미

전락 103

없기가 그야말로 상상 이상이었고, 또 한편 분명히 나도 여자들에게 재미가 없었어요. 연기도 연극도 없어졌으니 아마 나는 진실 속에 있었을 겁니다. 그렇지만 여보십쇼, 진실이란 견디기 어려운 것입니다.

사랑에도 순결에도 절망하여 나는 최후로 방탕이 남아 있다는 데 생각이 미쳤습니다. 방탕은 사랑을 충분히 대신해줄 수 있고, 웃음소리도 그치게 하여 침묵을 되찾게 해주며, 특히 불멸의 감정을 줄 수 있는 겁니다. 명철한 도취감이 어느 정도에 이르러 밤늦게 두 창부 사이에 누워서 온갖 정욕이 가셨을 때, 희망은 이미 고뇌가 아니요 정신은 모든 시대에 군림하고, 생의 고통은 영원히 끝나버린 겁니다. 어떤 의미에서 나는 언제나 불멸의 몸이 되고 싶어 했던 까닭에 항상 방탕 가운데 살았다고 할 수도 있습니다. 그건 나의 본성이요, 또 내가 말씀드린 그 커다란 자기애의 결과가 아니었을까요? 그렇습니다. 나는 불멸을 바라는 욕망 때문에 죽을 지경이었어요. 나는 나 자신을 너무나 사랑했기 때문에 내 사랑의 귀중한 대상이 사라지지 않기를 바라지 않을 수 없었습니다. 맑은 정신을 가지고서는, 그리고 조금이라도 자기 자신을 안다면, 추잡스러운 원숭이 같은 놈에게 불멸의 특권이 부여될 정당한 이유를 발견할 수는 없으니까 불멸의 대용품을 찾을 수밖에요. 나는 영생을 바랐기에 창부들과 자고, 밤마다 술을 마셨습니다. 아침이 되면 물론 죽어야 할 인간 조건의 쓰디쓴 맛이 입 속에 남곤 했지요. 그렇지만 여러 시간 동안 행복에 잠겨 높이 날 수 있었습니다. 고백해버릴까요? 아직도 그립게 잊히지 않는 밤들이 생각납니다만, 나는 재빠르게 변장을 잘하는 어떤 댄서를 만나려고 누추한 카바레로 가곤 했습니다. 그 계집애는 내게 호의를 가져주었고, 그 애의 명예를 위해서 나는 어느 날 밤 거만한 기둥서방 녀석과 싸움까지 했답니다. 나는 밤마다 그 환락장의 붉은빛과 먼지 가운데 카운터에 버젓이 자리를 잡고 태연하게 거짓말을 늘어놓으면서 오래도록 술을 마시곤 했어요. 그러면서 새벽을 기다려 끝내는 내 여왕의 언제나 난잡한 침대 속으로 기어들었습니다. 그러면 계집애는 기계적으로 쾌락에 몸을 맡기고, 그대로 잠들어버립니다. 햇빛이 슬며시 찾아와서 그 참상을 비춰주었고, 그러면 나는 가만히 움직이지 않고 영광스런 아침 하늘 높이 떠올랐지요.

술과 계집, 고백하자면 그것만이 나에게 걸맞은 유일한 위안을 줄 수 있었습니다. 이 비결을 당신께 가르쳐드립니다. 겁내지 말고 이용해보세요. 그러면 진정한 방탕은 아무런 의무도 낳지 않기에 인간을 해방시켜준다는 것을 아시게 될 겁니다. 방탕에서 소유하는 건 오로지 자기 자신뿐입니다. 그러니까 자기 자신을 무척 소중히 여기는 사람에게 환영받는 일이, 다름 아닌 방탕이에요. 그건 말하자면 미래도 과거도 없고, 무엇보다도 약속이 필요 없고 즉각적인 처벌도 없는 밀림과도 같습니다. 방탕이 벌어지는 장소는 세계와 동떨어져 있습니다. 그곳으로 들어갈 때는 두려움도 희망도 버립니다. 거기서는 의무적으로 지껄이지 않아도 좋습니다. 사람들이 그곳에서 구하는 것은, 말 없이도, 그리고 흔히 돈 없이도 얻을 수 있는 것입니다. 아아! 그 당시 나를 도와주었건만 이름도 모르고 사라져간 그 여자들에게 각별한 사의를 표하고 싶습니다. 오늘날까지도 그 여자들에 대한 나의 추억에는 무엇인가 존경심 비슷한 것이 뒤섞여 있습니다.

어쨌든 나는 그러한 해방감을 마음껏 이용했습니다. 어느 호텔에서 죄악이라고 불리는 것에 젖어서, 나이 지긋한 창부와 상류계급의 젊은 처녀를 동시에 거느리고 산 적도 있습니다. 창부에게는 귀부인을 연모하는 기사 같은 거동을 취했고, 아가씨에게는 몇몇 가지 현실을 알려주었지요. 불행히도 그 창부는 성품이 몹시 저속해서, 그 뒤로 이른바 새로운 사상을 환영한다는 어느 실화(實話) 신문에다가 회상기를 기고할 것을 승낙했습니다. 그 처녀는 해방된 본능을 만족시키고 뛰어난 재질을 발휘하기 위해서 결혼을 했습니다. 그리고 또 한 가지 퍽 자랑스럽게 여기는 것은, 그 당시 내가 너무나 흔히 비난의 대상이 되곤 하던 남성 단체에 동인으로서 한몫 끼게 되었다는 사실입니다. 그 이야기는 그만두고 지나가겠습니다만, 매우 지성적인 사람들이라도 남보다 한 병 더 마실 수 있다는 걸 명예스럽게 여긴다는 건 당신도 아시지요? 그쯤 되면 드디어 주덕(酒德)에서 평화와 해방을 얻을 수 있을 법도 했습니다. 그런데 그만 이번에도 나 자신 속에 장해물이 생겼어요. 그러자 간장이 못 쓰게 되고 피로가 극심해졌는데, 그게 아직 가시지 않았습니다. 불멸의 몸이 되는 연극을 해보지만, 몇 주일이 지나면 과연 내일까지 명맥을 이을 수 있을지 어떨지조차 모르게 됩니다.

밤에 이룩되던 그러한 나의 공훈도 단념하게 되자, 그 경험에서 얻은 유일한 이득이라 하면 인생이 덜 고통스러워졌다는 사실이었습니다. 내 육체를 쏟아버리던 피로는 나의 내부의 활력을 간직한 많은 부분들을 침식했던 것입니다. 과격한 짓을 할 적마다 생명력이 감소되고, 따라서 고통이 감소되는 법이거든요. 사람들이 생각하는 것과는 반대로 방탕은 열광적인 것이 아닙니다. 그건 긴 잠이에요. 당신도 아시겠지만, 정말로 질투로 고민하는 사내들이 가장 극성스럽게 하고자 하는 일은 자기를 배반했다고 생각하는 여자와 동침하는 일입니다. 물론 자신의 귀중한 보물이 여전히 제 것이라는 사실을 다시 한 번 확인하려는 거지요. 흔히 말하듯이 그것을 차지해보고 싶은 겁니다. 그렇지만 또 한편으로는 그렇게 하면 곧 질투심이 좀 가라앉기도 하기 때문입니다. 육체적 질투란 자기 자신에 대한 비판인 동시에 상상의 소산입니다. 같은 처지일 때 자기가 품었던 비열한 생각을 상대방 남자도 품고 있으리라고 믿는 것입니다. 다행히 과격한 쾌락은 상상력도 비판도 약화시켜줍니다. 그렇게 되면 고통은 정욕과 함께 때를 같이하여 잠들어버립니다. 그와 같은 이유로 젊은이들은 첫 애인과 함께 형이상학적 불안을 잃어버리고, 관청에서 허락한 방탕에 지나지 않는 어떤 종류의 결혼은 과감성과 창의성을 동시에 매장하는 단조로운 영구차로 변해버리고 마는 것입니다. 정말입니다. 속된 결혼은 프랑스를 안일한 국가로 만들었고, 머지않아 죽음의 문으로 몰아넣게 될 겁니다.

과장이라고요? 아닙니다. 이야기가 빗나간 겁니다. 그 몇 달 동안의 난잡한 생활에서 얻은 이득을 말하고 싶었을 뿐입니다. 나는 일종의 안갯속에서 살았습니다. 거기서는 웃음소리도 어렴풋해져서 마침내는 들리지 않게 되었습니다. 이미 내 마음속에서 많은 자리를 차지하고 있던 무관심이 이제 아무런 저항도 받지 않고 그 경화증(硬化症)을 확대해갔습니다. 아무런 감동도 없었습니다. 기분이 그저 한결같았다기보다 차라리 기분이란 게 전혀 없었습니다. 결핵에 걸린 폐는 굳어짐으로써 낫지만, 조금씩 그 복된 주인을 질식시키거든요. 병을 고침으로써 편안히 죽어가던 나도 그와 마찬가지였지요. 엉뚱한 언사 때문에 내 평판에 흠이 생기고 무질서한 생활로 규칙적 직무 수행도 신통치 않게 되었지만, 그래도 여전히 나는 내 직업으로 살아가긴 했습니다. 그런데 나의 도발적 언사에 비해, 약간의 과격한 행동이 그다지 사람들의 비난의 대상이 되지 않았다는 것은 흥미로운 일입니다. 이따금 변론 가운데 나는 순전히 언어 표현의 필요에 따라 신(神)을 이끌어 넣는 일이 있었는데, 그것이 내 고객들에게 의아심을 갖게 했습니다. 제아무리 신일지라도, 법률문제에서는 당할 재간이 없는 변호사만큼은 그들의 이익을 잘 담당해줄 수 없을까 봐 두려웠던 모양입니다. 그러한 생각에서 한 걸음만 더 나아가면, 내가 하느님을 불러내는 것은 무능한 탓이라는 결론에 이르게 됩니다. 내 고객들은 그 한 걸음을 내디뎌서 점점 그 수효가 줄어들었습니다. 그래도 간혹 변론을 하는 일이 없지 않았고, 때로는 내가 하는 말을 나 자신이 믿지 않는다는 걸 잊어버리고 제법 잘하기도 했습니다. 나 자신의 목소리에 끌려서 그 뒤를 따르는 것이었지요. 예전처럼 정말로 하늘 높이 날지는 못했지만, 땅 위로 조금 떠올라 저공비행을 했습니다. 직업 관계가 아니고는 별로 사람들과 만나지도 않았고, 한두 여자와의 낡은 관계를 그럭저럭 유지하고 있었습니다. 정욕이 섞이는 일 없이, 말하자면 순전한 우정만으로 밤을 같이 지내는 일도 있었습니다만, 지루함도 감수하고, 상대방이 하는 말조차 듣는 둥 마는 둥 하는 게 좀 색다른 점이었지요. 그러자 살도 좀 찌고, 이제 위기도 다 사라졌나보다 싶었습니다. 앞으로는 나이만 먹어가면 될 일이었지요.

그러던 어느 날, 여행 중에 대서양 횡단선을 타고 있었어요. 어떤 여자 친구를 데리고 떠났는데, 그 여행이 나의 완쾌를 축하하기 위한 것이라는 말은 하지 않았습니다. 물론 상갑판에 있었지요. 갑자기 검푸른 바다 위 저 멀리 흑점이 하나 내 눈에 띄었습니다. 곧 얼굴을 돌려버렸지만 가슴은 두근거리기 시작했습니다. 다시금 억지로 눈을 돌려서 보려고 했더니, 그 흑점은 사라졌더군요. 고함을 질러 바보처럼 구원을 청하려고 했는데, 그러자 다시 그게 보였어요. 그건 항해 중인 배가 버리고 가는 무슨 폐품의 하나일 것임에 틀림없습니다. 그렇지만 그것을 차마 보고 있을 수 없었어요. 그 순간 곧 나는 투신자살을 생각했던 겁니다. 그때 나는, 사람이란 오래전부터 진실임을 알고 있는 생각을 결국 받아들여야 하는 것처럼, 아무런 저항도 없이 다음과 같은 사실을 깨달았습니다. 즉 몇 해 전에 내 등 뒤 센강 위에서 울리던 그 부르짖음이 강물을 타고 도버 해협으로 운반되어, 대해의 무한한 공간을 거쳐 세계를 돌아다니며 그날까지 거기서 기다리다가 나와 만나게 되었다는 것을 말입니다. 그놈은 바다든 강이든, 요컨대 내가 받을 세례의 쓰디쓴 물이 있는 곳이라면 어디에서나 나를 기다리기를 계속하리라는 것도 깨달았어요. 여기서도 우리는 물 위에 있는 게 아닙니까? 평탄하고 단조롭고 끝이 없는, 육지와의 한계도 확연치 않은 물이지요. 우리가 암스테르담에 도착하리라는 것을 어떻게 믿을 수 있겠어요? 우리는 이 광막한 성수반(聖水盤)에서 영원히 빠져나갈 수 없을 겁니다. 귀를 기울여보세요. 보이지 않는 갈매기들의 울음소리가 들리지 않습니까? 우리를 향하여 부르짖는 것이라면, 우리에게 무엇을 바라는 걸까요?

그런데 저것들은 내가 완쾌되지 못했다는 것, 여전히 난국에 처해 있어 무슨 도리를 강구해야겠다는 것을 결정적으로 깨달은 그날 이미 대서양 위에서 울고 있던 그 갈매기들입니다. 영광스러운 생애가 끝났지만 분노와 몸부림도 끝났습니다. 굴복하고 자기 죄를 인정할 수밖에 없었습니다. 고난실에 살 수밖에 없었습니다. 참, 당신은 중세기 사람들이 고난실이라고 부르던 땅속 감방을 모르시지요? 대개는 한번 들어가면 일생 동안 거기에 파묻히게 마련이었는데, 그 감방이 딴 것들과 다른 점은 교묘한 크기에 있었어요. 높이는 일어서 있을 만하지 못했고, 넓이는 드러누울 만하지 못했거든요. 그러니 거북한 몸가짐으로 비스듬히 서서 살 수밖에 없었지요. 잠들면 일종의 전락이었고, 깨어 있을 때는 웅크려야 했습니다. 간단한 고안이지만 그야말로 천재적이라 아니 할 수 없습니다. 매일매일 죄인은 몸을 꼼짝할 수 없게 하는 그 구속으로 말미암아 자기는 죄인이며 무죄는 즐거이 사지를 펼 수 있는 데 있다는 걸 깨달았습니다. 산꼭대기나 상갑판에 올라가는 일이 잦던 사람이 그러한 감방에 틀어박힌 것을 상상할 수 있겠습니까? 뭐라고요? 그런 감방에 살면서도 무죄일 수 있었을 거라고요? 그런 일은 있을 법하지도 않습니다. 전혀 있을 법하지 않아요. 그렇지 않다면 내 논리는 무너져버리고 맙니다. 죄 없이 곱사등이 노릇을 하게 된다는 것, 그러한 가정은 한순간이라도 나로서는 생각할 수 없습니다. 게다가 우리는 어느 누구의 무죄도 단언할 수 없는 반면에 모든 사람의 유죄를 확실히 단언할 수 있습니다. 인간은 누구나 다른 모든 사람의 죄를 증언하고 있습니다. 이것이 나의 신념이요, 또 나의 희망이기도 합니다.

종교라는 것이 훈계를 한다든지 제명을 선고한다든지 하게 되면 벌써 틀린 겁니다. 죄를 만들어내고 벌을 주고 하는 데 신은 필요하지 않습니다. 인간들이면 족하고, 더구나 우리 자신이 그걸 돕습니다. 최후의 심판에 관한 이야기를 하셨는데, 실례지만 그런 건 우습다고 생각해요. 나는 버젓이 최후의 심판을 기다립니다. 그보다도 지긋지긋한 것, 인간들의 심판을 알고 있어요. 그들에게는 정상참작 같은 것도 없고, 선량한 동기라도 죄로 몰리게 됩니다. 최근 어느 나라 국민이 저희들이 지구상 최대의 국민이라는 것을 증명하기 위해서 생각해냈다는 가래침 감방 이야기는 들으셨겠지요? 죄수가 선 채로 들어박혀서 옴짝달싹도 할 수 없는 궤짝처럼 만든 거 말입니다. 시멘트 껍데기 안에 죄인을 가둬놓는 억척같은 문은 그의 턱을 받치고 있지요. 그러니까 죄수의 얼굴만 보이게 마련인데, 그 얼굴에다 지나가는 간수들이 맘대로 가래침을 뱉거든요. 죄수는 감방에 끼어 꼼짝할 수가 없으니까 얼굴을 닦을 수도 없습니다. 눈을 감는 건 허락되어 있지만 말이에요. 그게, 여보세요, 인간의 고안입니다. 그 알뜰한 걸

작을 그들이 만들어내는 데 신의 도움은 필요하지 않았습니다.

그렇다면? 그러니 신의 유일한 효용성은 무죄 결백을 보증하는 일이고, 종교라는 것을 나는 일종의 대대적인 세탁으로 보고 싶습니다. 실제로 그런 적이 있었습니다만, 잠깐 동안, 고작 삼 년간의 일이었고, 또 종교라고 불리지도 않았습니다. 그 뒤 비누가 부족해서 우리의 주제는 더러워지고 모두 서로 욕지거리를 하는 판이지요. 모두가 하찮은 놈이요 벌 받아 마땅한 놈이라, 얼굴에 침이나 서로 뱉고 어서 고난실로 처박힐 수밖에 없죠! 누가 먼저 침을 뱉느냐, 문제는 그뿐입니다. 큰 비밀을 하나 가르쳐드리지요. 여보세요, 최후의 심판일랑 기다리지 마세요. 그건 매일처럼 있는 일이에요.

아니, 아무것도 아닙니다. 이 빌어먹을 습기 때문에 몸이 좀 떨릴 뿐입니다. 게다가 이젠 다 왔습니다. 자, 먼저 나가시지요. 하지만 좀 더 기다려주세요. 그리고 저와 같이 가십시다. 아직 이야기가 끝나지 않았어요. 계속해야겠습니다. 계속한다는 게 퍽 어려운 일입니다. 여보세요, 어째서 사람들이 그를 십자가에 못 박았는지 아십니까? 지금 당신이 아마도 생각하고 계실 그 사람을 말이에요. 물론 많은 이유가 있었지요. 한 인간을 죽이는 데는 언제나 이유가 있는 법이니까요. 반면에 한 인간이 사는 것을 정당화하기는 불가능합니다. 그렇기 때문에 범죄를 변호하려는 자는 언제나 있지만, 무죄를 변호하려는 자는 그저 간혹 있을 뿐입니다. 그런데 이천 년 동안 아주 그럴싸하게 설명되어온 이유 말고 그 끔찍스러운 죽음에는 하나의 커다란 이유가 있었답니다. 왜 그걸 사람들이 그렇게도 조심스럽게 숨기고 있는지 알 수 없어요. 진정한 이유는 그 자신이 완전히 결백하지 못하다는 것을 알고 있었다는 사실입니다. 사람들에게서 규탄받던 과오의 짐을 짊어지고 있진 않았지만, 뭔지 몰라도 그는 다른 과오를 범했던 것입니다. 사실은 그가 그걸 몰랐을 리가 있습니까? 결국 자기 때문에 일어난 일이었으니까 말입니다. 무고한 사람들의 학살 이야기를 틀림없이 듣고 있었을 겁니다. 그의 부모가 그를 안전한 장소로 옮기고 있을 때 학살당한 유대 나라의 어린이들이, 그의 탓이 아니라면 왜 죽었겠습니까? 물론 그가 바란 일은 아니었지요. 피비린내 나는 병졸들과 두 동강으로 잘린 유아들을 생각만 해도 그는 끔찍스러워 못 견뎠을 겁니다. 그렇지만 그의 성품으로서는 그들을 잊어버릴 수 없었으리라고 나는 확신합니다. 그리고 그의 모든 행동에 보이는 슬픔, 그것은 자식들의 죽음으로 애통해하고 온갖 위안을 거부한 라헬의 목소리를 밤마다 듣던 자의 어찌할 수 없는 비애가 아니고 무엇이겠습니까? 곡성이 어둠 속에 들려오고 라헬은 자기 때문에 죽은 자식을 부르는데, 그는 살아 있었더란 말입니다.

 그러한 것을 알고, 인간에 관한 모든 것을 터득한 그―남을 죽게 하는 것보다 제가 죽지 않는 것이 더 중한 죄가 될 줄이야누가 생각했겠습니까! — 밤낮으로 결백한 죄와 마주 대하고 있던 그에게는 그대로 배겨내기가 너무나 어려워졌습니다. 차라리 끝장을 내버리고, 자기변호를 하지 않고 죽는 편이 나았습니다. 그리하여 외로이 살지 않을 수 있고, 다른 데로, 자기를 부축해주는 이가 있을지도 모르는 곳으로 갈 수도 있을 것입니다. 그러나 그는 부축을 받지 못했고 이를 한탄했는데, 끝끝내 딱하게도 그 말이 삭제되어버린 겁니다. 그렇습니다. 그의 탄식을 삭제하기 시작한 것은 아마 제삼복음서*의 작자일 겁니다. "어찌하여 나를 버리셨나이까?" 이것은 반항의 부르짖음이 아니겠습니까? 그러니 가위질을 당했지요! 하긴 누가가 아무것도 삭제해버리지 않았던들 별로 눈에 뜨이진 않았을 겁니다. 어쨌든 그다지 큰 자리를 차지하진 않았을 거예요. 그처럼 검열관은 자기가 금지하는 말을 오히려 퍼뜨리는 결과를 가져옵니다. 세상의 질서란 모호한 것이지요. 어쨌든 검열을 받은 그 사람은 배겨내질 못했습니다. 이건 나 자신이 잘 알고 하는 말입니다. 순간마다 어떻게 다음 순간까지 연명할 수 있을지 알지 못하던 때가 나에게도 있었어요. 그렇습니다. 이 세상에서 전쟁을 할 수도 있고, 사랑을 흉내 낼 수도 있고, 같은 인간을 괴롭힐 수도 있고, 신문에 이름을 낼 수도 있고, 또는 그저 뜨개질을 하며 이웃 사람을 헐뜯을

---

* 누가복음

수도 있습니다만, 때로는 그대로 배겨낸다는 것, 그저 그대로 계속하기만 한다는 것이 초인간적인 일이거든요. 그런데 그 사람은 초인간이 아니었습니다. 그건 틀림없어요. 그는 죽음의 고통을 외쳤습니다. 그러기 때문에 어이없이 죽어간 그를 나는 사랑합니다.

불행한 일은 그가 우리를 외롭게 남겨두고 갔다는 사실입니다. 그래서 우리는 무슨 일이 있든지, 고난실에 처박혀 있을 때라도 그가 알고 있던 것을 알면서, 그러나 그가 한 대로 하지도 못하고 그처럼 죽지도 못한 채 계속하고 있는 겁니다. 물론 사람들은 그의 죽음을 이용해보려고 하긴 했습니다. 어쨌든 천재적인 말이었어요. "너희들은 깨끗하지 못하다. 그건 명백한 사실이다. 그런데 한 사람씩 할 순 없어! 한꺼번에 그걸 십자가에서 청산하기로 한다!" 그렇지만 오늘날엔 단지 더 먼 데서도 남의 눈에 띄려고 십자가에 기어오르는 사람들이 너무나 많습니다. 그러기 위해서 오래전부터 십자가에 매달려 있는 사람을 좀 짓밟는 일이라도 필요하다면 자행하는 형편입니다. 너무 많은 사람들이 자애심을 실천에 옮기기 위해 너그러움을 버리기로 했어요. 아아, 이 무슨 부정(不正)이란 말입니까! 그에게 가해진 이러한 부정을 생각하면 가슴이 죄는 듯합니다!

하, 옛날 버릇이 다시 나와서 변론을 하려 드는군요. 용서하십시오. 까닭이 있어서 그러는 겁니다. 여보세요, 여기서 좀 더

가면 '지붕 밑의 주님'이란 이름의 박물관이 있습니다. 옛날 이 지방 사람들은 묘지를 지붕 밑에 만들었습니다. 여기서는 지하실이 물에 잠기니까 할 수 없지요. 그렇지만 지금 그들의 주님은 지붕 밑에도 지하실에도 있지 않습니다. 그들은 주님을 자기들 마음속 깊숙이 재판정에 올려놓았어요. 그러고는 매질을 하고, 특히 심판을 합니다. 주님의 이름으로 심판을 하지요. 그 사람은 죄 지은 여인에게 부드럽게 말했습니다. "나도 너를 죄인으로 단정하지 않는다"라고. 그렇건만 그들은 죄인으로 단정을 내리고 아무도 용서하지 않습니다. 주님의 이름으로 네가 받아야 할 것은 이것이다 하는 식이지요. 주님? 그는 그렇게 많은 것을 요구하지 않았어요. 그는 다만 사람들이 자신을 사랑해주기를 바랐을 뿐입니다. 물론 그를 사랑하는 사람들도 있습니다. 기독교 신자들 중에도 있어요. 그렇지만 수효는 셀 수 있을 정도로 적습니다. 그는 그것을 이미 알고 있었으며, 그에게는 유머 센스가 있었습니다. 베드로, 아시다시피 그 겁쟁이 베드로가 그래 그를 부인했지요. "나는 저 사람을 모릅니다……. 당신이 무슨 소릴 하는지 모르겠소……." 정말 베드로란 녀석도 너무했습니다! 그래서 그리스도는 빗대어 말했지요. "나는 이 반석* 위에 내 교회를 세우겠노라"고. 그보다 더 심한 핀잔이 어디 있겠어요. 그렇지

---

* 즉 베드로. 베드로는 '돌'이란 뜻

않습니까? 그래도 그들은 의기충천입니다! "보라, 그의 말과 같도다!" 사실 그렇게 그는 말했어요. 문제를 잘 알고 있었던 겁니다. 그러고는 영원히 가버렸는데, 뒤에 남은 사람들은 입으로는 용서한다면서 마음속에 판결을 품고 죄를 선고하고 있습니다.

이제는 연민도 존재하지 않게 되었다고는 말할 수 없으니까요. 아니, 오히려 누구나 연민을 부르짖기를 그칠 줄 모릅니다. 다만 아무에게도 무죄의 판결을 내려주지 않습니다. 무죄란 건 말살해버리고, 심판관들이 우글거리고 있어요. 온갖 종류의 심판관들, 그리스도의 편에 또는 그 반대편에 서는 심판관들—그런데 고난실에서 서로 화해가 성립되어, 결국 같은 패입니다. 기독교도들에게만 책임이 있는 게 아니니까요. 다른 사람들도 거기 뛰어들었어요. 이 고장에서 데카르트가 몸을 기탁했던 집들 중 하나가 무엇이 됐는지 아십니까? 정신병자 수용소가 되었답니다. 그렇습니다. 광증이 미만하고 박해가 횡행하고 있습니다. 우리 자신도 물론 거기에 가담하지 않을 수 없습니다. 내가 아무것도 용서하지 않는다는 걸 당신도 알아차렸을 것입니다. 그리고 당신도 같은 생각을 가졌다는 걸 나는 알고 있습니다. 그런즉 우리는 모두 심판관이니까, 모두 서로 남의 눈에는 죄인이고 우리 식으로 졸렬하게 그리스도여서 하나씩 십자가에 못 박히게 마련인데, 여전히 까닭을 모르지요. 적어도 나 클라망스라는 사람이 탈출구, 유일한 해결책, 요컨대 진리를 발견하지 못했더라면 우리는 모두 그렇게 되고 말았을 것입니다…….
 아니, 이제 그만하겠습니다. 걱정 마십시오! 게다가 작별할 때도 됐습니다. 내 집까지 다 왔으니까요. 고독 속에서 피로까지 겹치면 별수 있습니까? 예언자로 자처하게 되기가 일쑤지요. 사실 결국 그게 나의 정체입니다. 돌멩이와 안개와 썩은 물의 광야로 도망쳐 온 용렬한 시대에 어울리는 허수아비 예언자, 속에는 열과 술이 들어차서 이 곰팡이 낀 문에 등을 붙인 채 낮은 하늘로 손가락을 쳐들어 올리고, 심판을 견디지 못하는, 율법 없는 인간들에게 저주를 퍼붓고 있는, 구세주를 갖지 못한 엘리야지 뭡니까? 인간들은 정말 심판을 견디지 못합니다. 그리고 모든 문제는 거기에 있어요. 어떤 율법을 따르는 자는 심판이 두렵지 않습니다. 심판은 그가 믿고 있는 질서로 그를 옮겨주는 것이니까요. 인간의 가장 큰 고통은 율법 없이 심판받는 일입니다. 그런데 그러한 고통을 우리는 겪고 있어요. 원래 있어야 할 재갈을 잃은 심판관들은 함부로 날뛰며 미친 듯이 질주합니다. 그러니 어떡합니까, 녀석들보다 앞서려고 해볼 수밖에요. 그러자니 대소동입니다. 예언자들이며 구제자들이 자꾸 불어나 절호의 율법이나 완전무결한 조직을 들고 나와, 지구에 인종이 끊어지기 전에 도착하려고 서둘러댑니다. 다행히 내가 먼저 도착했어요! 나는 시초이자 종말입니다. 내가 율법을 선고합니다. 요컨대 나는 고해 판사예요.

네, 네, 이 훌륭한 직업이 어떤 일을 하는지 내일 이야기해드리지요. 모레 떠나시겠어요? 그럼 시간이 촉박하군요. 제 집으로 오세요. 초인종을 세 번 누르십시오. 파리로 돌아가십니까? 파리는 먼 곳, 아름다운 곳입니다. 잊어버리지 않았습니다. 바로 이와 거의 같은 계절의 파리의 황혼이 기억에 남아 있습니다. 홀가분히 살랑거리는 저녁이 검푸르게 그은 지붕들 위로 내려 덮이고, 거리에는 한동안 소음이 일고, 강물은 상류로 거슬러 오르는 듯하지요. 그럴 때면 노상에서 서성거리곤 했어요. 녀석들도 분명 지금 서성거리고 있을 겁니다. 노곤한 심정으로 기다리는 여자나 간소한 집을 향해 발길을 서두르는 척하면서 서성거리는 거지요…….

아아! 대도시를 서성거리는 고독한 인간이 어떤 것인지 아십니까……?

자리에 누운 채로 손님을 맞아 죄송합니다. 대수롭진 않습니다. 열이 좀 있는데, 약 삼아서 진을 마십니다. 이러한 발작엔 익숙해졌어요. 내가 교황이었을 적에 걸린 건데, 아마 말라리아라는 걸 겁니다. 아니, 농담 같지만 반은 진담이에요. 당신이 어떻게 생각하고 있는지 압니다. 내가 하는 이야기에서 거짓말과 참말을 가리기란 여간 어려운 일이 아니라고 생각하시겠죠. 사실 당신의 생각이 옳습니다. 나 자신도……. 나와 가까이 지내던 어떤 사람은 인간을 세 부류로 나누었습니다. 먼저 거짓말을 할 수밖에 없기보다는 숨길 것이 아무것도 없는 편이 낫다고 생각하는 사람들, 그다음엔 아무것도 숨길 것이 없기보다는 거짓말을 하는 편이 낫다고 생각하는 사람들, 끝으로는 거짓말도 하고 동시에 비밀도 지키는 편이 좋다고 생각하는 사람들. 내가 어느 쪽에 제일 들어맞는지는 당신의 판단에 맡기겠습니다.

어쨌든 그런 건 상관없지 않습니까? 거짓말도 결국은 진실의 길로 인도하는 것이 아닐까요? 그리고 참말이건 거짓말이건 내 이야기는 모두 같은 목적을 향하고 있는 게 아닙니까? 같은 뜻을 가진 게 아니겠어요? 그러니 어느 경우에나 과거와 현재의 나에서 의미심장한 것이라면 거짓말이든 참말이든 무슨 상관이 있겠습니까? 때로는 참된 말을 하는 사람보다 거짓말을 하는 사람의 정체가 더 잘 드러나 보이는 일이 있습니다. 진실은 빛과 같아서 눈을 아찔하게 합니다. 거짓말은 반대로 아름다운 황혼과 같아서 모든 것을 뚜렷하게 해줍니다. 어쨌든 거짓말이란 걸 어떻게 생각하시든 당신 마음이지만, 나는 포로수용소에서 교황에 임명되었어요.

좀 앉으세요. 방 안을 둘러보시는군요. 장식은 아무것도 없지만 깨끗합니다. 페르메이르의 그림에서 가구나 냄비를 치워버리면 이럴 테지요. 책도 없습니다. 옛적에는 내 집에 한 절반쯤 읽은 책이 가득했었습니다. 거위 간만 뜯어먹다가 나머지를 버리게 하는 녀석들이나 마찬가지로 불유쾌한 노릇이지요. 게다가 이제는 참회록 같은 것밖엔 흥미가 없는데, 참회록의 저자들이란 무엇보다도 참회를 하지 않으려고, 자기들이 알고 있는 것을 조금도 고백하지 않으려고 쓰는 겁니다. 그들이 짐짓 고백을 예고할 때는 경계를 해야 합니다. 시체를 분장하려는 것이니까요. 제 충고를 들어두세요. 그래서 나는 딱 잘라버렸어요. 책이며 쓸데없는 물건들은 다 집어치우고, 깨끗하고 관처럼 니스를 칠한 필수품이면 그만입니다. 그리고 이렇게 딱딱하고 순백의 시트를 깐 네덜란드 침대에선 벌써부터 수의를 입고 순결에 묻혀 죽음을 맞이할 수 있는 겁니다.

내가 교황이었을 때의 사건들을 알고 싶으세요? 모두 평범한 일들이지요. 이야기를 해드릴 기력이 있을지 모르겠습니다. 해보죠. 열도 좀 내리는 것 같습니다. 아주 오래전 이야깁니다. 아프리카에서 지낼 때의 일이에요. 롬멜 장군 덕분으로 전쟁이 한창이었지요. 나는 거기에 섞이진 않았어요. 안심하세요. 그전에도 유럽의 전란에 등을 돌렸었습니다. 물론 동원은 됐지만 전투는 해본 일이 없습니다. 한편으로는 유감스럽게 생각합니다. 여러 가지 일들이 많이 달라졌을지도 모르니까요. 프랑스 군대는 나를 전선으로 보낼 필요를 느끼지 않았어요. 나에게 요구한 일이란 퇴각에 참가하라는 것뿐이었습니다. 그 뒤 나는 파리로 돌아와서 독일 사람들을 봤습니다. 그 무렵 소문이 떠돌기 시작한 레지스탕스 운동에 마음이 끌렸습니다. 그때 마침 내가 애국자라는 걸 알게 되었던 거예요. 웃으시는군요. 웃을 이야기가 아닙니다. 그걸 알게 된 것은 샤틀레 지하철역에서였습니다. 개 한 마리가 그 미로에서 헤매고 있더군요. 큼직하고 거친 털에 한쪽

귀가 찌부러진 그 개는 재미있어 보이는 눈초리로 껑충껑충 지나가는 사람의 정강이를 따라다니며 냄새를 맡고 있었습니다. 나는 오래전부터 개를 여간 좋아한 게 아니었습니다. 개는 언제나 용서해주니까요. 나는 그 개를 불렀습니다. 그랬더니 녀석은 반가운 듯이 엉덩이를 흔들면서 내게서 몇 미터쯤 떨어진 곳까지 와서 망설이고 있었어요. 그때 걸음걸이가 활발한 젊은 독일 병사가 내 옆으로 지나쳐 개 앞에 이르더니 그 녀석의 머리를 쓰다듬었습니다. 개는 서슴지 않고 여전히 기쁜 낯으로 그 병사의 뒤를 따라서 그와 함께 사라졌습니다. 원통한 심정과 그 독일인 병사에게 느낀 내 분노의 종류로 보아, 그것이 애국적인 반응이라는 것을 인정하지 않을 수 없었어요. 만약에 그 개가 어느 프랑스 사람을 따라갔더라면 아무런 생각도 하지 않았을 겁니다. 그런데 나는 그 상냥스러운 개가 어느 독일 연대의 마스코트가 된 광경을 상상했고, 그러자 화가 나서 견딜 수가 없었습니다. 반응 검사의 결과는 의심할 여지가 없었어요.

    나는 레지스탕스 운동에 관한 정보를 얻을 생각으로 남부 지구로 갔습니다. 그렇지만 거기에 가서 실정을 알게 되자 망설이지 않을 수 없었습니다. 내 생각에 그러한 모험은 좀 허황한 일, 말하자면 낭만적인 일 같았습니다. 특히 지하운동은 내 기질에도 맞지 않고, 시원스레 바람이 부는 산꼭대기를 좋아하는 내 취미에도 맞지 않은 일이라고 생각됩니다. 밤낮을 가리지 않고 지하실에서 피륙이나 짜고 있으라는 것과 다름없는 듯했고, 게다가 결국은 난폭한 놈들이 들이닥쳐 나를 쫓아내고, 우선 내가 짠 피륙을 찢어버린 다음에 나를 다른 지하실로 끌고 가서 때려죽일 것만 같았어요. 그러한 땅속 영웅주의에 몸을 바치는 사람들에게는 탄복했습니다만, 나로서는 그들을 따를 수가 없었습니다.

그래서 나는 런던으로 가리라는 막연한 생각을 갖고 북아프리카로 건너갔습니다. 그러나 아프리카에 가보니 정세가 명확하지 못하고, 대립하고 있는 파들이 나에게는 어느 편이나 다 옳은 것 같아서 가담하기를 보류했습니다. 당신의 표정을 보니 당신으로서는 중요한 의미가 있다고 보시는 세세한 이야기들을 내가 너무 간단히 한다고 생각하시는 모양이군요. 하지만 나는 당신이란 인물을 당신의 진가에 따라서 판단했기 때문에, 이런 이야기들이 당신에게 더 명확해지도록 일부러 그렇게 하는 겁니다. 어쨌든 나는 마침내 튀니지로 갔는데, 다정한 여자 친구 하나가 일자리를 구해주었습니다. 영화계에서 일하는 아주 총명한 여자였어요. 그 여자를 따라서 튀니지로 갔던 것인데, 연합군이 알제리에 상륙한 다음에야 그 여자의 정말 직업을 알았습니다. 그 여자는 어느 날 독일군에 체포되고 나도 걸려들었지요. 그 여자가 어떻게 되었는지 모릅니다. 나는 조금도 폭행을 당하지 않았지만 혹심한 불안을 겪고 나서 그것이 치안을 위한 조치임을 알게 되었습니다. 그러고는 트리폴리에 감금되었는데, 그 수용소에서는 핍박보다도 목마름과 궁핍이 더 고통스러웠습니다. 그 실상은 이야기하지 않겠습니다. 우리 이십 세기 후반기 사람들은 이야기하지 않아도 그러한 종류의 장소를 능히 상상할 수 있습니다. 백오십 년 전에는 사람들이 호수며 숲에 감격했지만, 오늘날 우리에게는 감방의 서정이 있습니다. 그러니 상상에 맡기겠습니다. 몇 가지 제목만 덧붙이면 될 것입니다. 더위, 직사하는 태양, 파리, 모래, 물 부족.

　나와 함께 젊은 프랑스 사람이 하나 있었는데, 그는 신앙심을 가졌었어요. 그래요. 정말 옛말 같은 이야기입니다. 뒤게클랭* 같은 놈이라고나 할까요? 그 사람은 싸우기 위해 프랑스에서 스페인으로 갔었어요. 그런데 가톨릭 신자인 프랑코 장군이 그를 감금해버렸고, 프랑코파의 수용소에서는 말하자면 콩밥마저 로마 교황의 축복을 받고 있다는 것을 보자 그는 깊은 슬픔에 빠져버렸습니다. 그 뒤 어쩌다가 표착하게 된 아프리카의 하늘도, 수용소의 한가한 나날도 그 슬픔에서 그를 끌어내지는 못했습니다. 그러나 고민과 태양은 그를 정상적 상태에서 좀 벗어나게 했던 겁니다. 어느 날 납덩이가 녹아서 흘러내릴 지경인 텐트 밑에서 우리 한 여남은 명이 파리가 우글거리는 속에서 허덕이고 있을 때, 그는 자신이 로마인이라고 부르던 사내를 상대로 또다시 독

---

* 백년전쟁 전반기에 프랑스군을 이끈 영웅

설을 늘어놓았습니다. 그는 여러 날째 깎지 않은 수염에다가 얼빠진 눈초리로 우리를 둘러보고 있었어요. 헐벗은 상반신은 땀으로 뒤덮였고, 두 손은 앙상하게 드러난 늑골 위에서 피아노 건반을 두드리듯 떨리고 있었습니다. 그러면서 말하기를, 옥좌에서 기도나 할 것이 아니라 불행한 사람들과 함께 사는 새로운 교황이 필요하다는 것이었습니다. 그리고 그건 빠를수록 좋을 거라고요. 넋 잃은 눈으로 머리를 휘저으면서 우리를 바라보고 "그래, 될 수 있는 대로 빨리!" 하고 되풀이했어요. 그러다가 갑자기 조용해지더니 침통한 목소리로, 그 교황은 우리 가운데서 뽑아야 하고 결점과 장점을 합쳐서 완전한 사람으로 정해야 한다고 말했습니다. 그리고 그 교황이 자신의 마음과 다른 사람들의 마음속에 고통의 공동체를 유지해가도록 하기만 한다면 그에게 복종해야 한다고 했습니다. "우리 가운데서 누가 결점이 제일 많은가?" 하고 그는 말했습니다. 장난삼아 나는 손가락을 들었는데, 그렇게 한 사람은 나 하나뿐이었어요. "그럼 장 바티스트에게 맡기기로 하지." 아니, 그렇게 말하진 않았습니다. 그 당시 나는 다른 이름을 갖고 있었으니까요. 어쨌든 그는 내가 한 것처럼 자기 자신을 지적하는 일은 최대의 미덕을 전제로 한다고 말하면서, 나로 선출하자고 제의했습니다. 다른 사람들도 찬성했습니다. 그들도 장난삼아 한 일이지만. 그래도 엄숙한 그 무엇이 없지 않았습니다. 사실은 뒤게클랭 격인 그 친구 말에 모두 감명을 좀 받았던 겁니다. 나 자신도 아주 장난으로만 생각하진 않았던 것 같아요. 우선 예언자다운 그의 이야기가 옳은 것 같았고, 게다가 태양이며 진력나는 노동이며 물을 얻기 위한 투쟁 등으로 요컨대 우리는 좀 머리가 돌았던 거지요. 어쨌든 나는 몇 주일 동안 교황의 직분을 점점 진심으로 맡아보았답니다.

무슨 일을 했느냐고요? 아, 그저 그룹의 두목이랄까 세포의 서기쯤 되는 셈이었지요. 아무튼 다른 사람들은, 신앙심이 없는 축까지도 내게 복종하는 습관을 갖게 되었습니다. 뒤게클랭은 고민을 계속하고 있었습니다. 나는 그의 고민을 다스렸지요. 그때 나는 교황 노릇을 한다는 게 사람들이 보통 생각하는 것처럼 그리 쉬운 일이 아니라는 걸 알았습니다. 어저께도 당신에게 우리 형제인 재판관들에 대한 멸시감을 토로하고 나서 다시 그 생각이 났었어요. 수용소에서 가장 큰 문제는 물을 분배하는 일이었습니다. 정치적 또는 종교적으로 뭉친 몇몇 다른 그룹들이 있어서, 저마다 저희 편에 유리하도록 했습니다. 그래서 나도 내 편 사람들에게 유리하게 하지 않을 수 없었습니다만, 그건 벌써 현실에 대한 하나의 양보였지요. 우리 사이에서도 완전한 평등을 유지할 수는 없었습니다. 동지들의 건강 상태라든지 노동의 실정에 따라서 어떠어떠한 사람을 우대할 수밖에 없었습니다. 그러한 차별은 한이 없는 겁니다. 그런데 정말 이제는 피곤합니다. 그 당시의 일은 다시 생각하기 싫습니다. 한마디로 말하자면,

어느 날 죽어가는 친구의 물을 마셔버려 그만 모든 일을 잡쳐버렸답니다. 아니, 뒤게클랭은 아니었습니다. 그가 이미 죽고 난 뒤의 일이라고 생각됩니다. 그는 스스로 음식을 너무 사양했어요. 그리고 만약 그가 살아 있었더라면, 그를 생각해서라도 나는 좀 더 참았을 겁니다. 사실 나는 그를 사랑했으니까요. 정말, 적어도 내 생각으로는 그를 사랑했던 것 같아요. 그런데 한 가지 확실한 일은, 물을 마실 적에 나는 어차피 죽게 될 사람보다 내가 다른 사람들을 위해서 더 필요하며, 나는 그들을 위해서 살아야 한다는 내 생각을 합리화했다는 사실입니다. 그렇게 해서 제국이며 교회는 죽음의 태양 밑에서 태어나는 겁니다. 어저께 내가 한 이야기를 좀 수정하려고, 그것이 꿈이었는지 생시였는지 이제는 확실히 알 수도 없는 이 모든 일을 지금 이야기하는 도중에, 내 머리에 떠오른 중대한 생각을 피력해드리지요. 그 중대한 생각이란 교황을 용서해야 하리라는 겁니다. 첫째로 교황은 누구보다 용서를 받아야 할 필요가 있기 때문이고, 둘째로 그로서는 그것이 자기를 향상시킬 수 있는 유일한 길이기 때문입니다.

오, 문을 잘 닫으셨습니까? 그래요, 어디 좀 봐주세요. 죄송합니다. 나한테는 빗장에 대한 일종의 변태 심리가 있어요. 언제나 잠들 때쯤 해서 생각해보면, 빗장을 질렀는지 안 질렀는지 알 수가 없습니다. 밤마다 확인을 하려고 일어나지 않으면 안 됩니다. 앞서도 말한 것처럼, 확실한 건 아무것도 없는 법이에요. 이와 같은 빗장에 대한 불안을 겁먹은 소유주의 반응이라고는 생각하지 마세요. 옛날에는 내 집에도 자동차에도 쇠를 잠그는 일이 없었고, 돈을 금고에 넣어두는 일도 없었습니다. 나는 소유물에 집착하지 않았어요. 사실은 소유한다는 걸 좀 부끄럽게 여겼지요. 사교계에서 잡담을 하다가도 "여러분, 재산이란 살인이나 다름없습니다" 하고 외친 적이 있답니다. 재산을 돈 없는 훌륭한 사람에게 나누어줄 만한 아량이 없어서, 있을지도 모르는 도적의 손이 미치는 곳에 놓아두는 셈이었지요. 그렇게 해서 우연이 부정을 고쳐주기를 기대했던 겁니다. 그런데 지금은 가진 것이 아무것도 없습니다. 그러니까 내 물건의 안전을 염려할 필요는 없지만, 나 자신과 마음의 안정이 염려스러워요. 그리고 또 내가 임금이자 교황이며 재판관인 이 둘러막힌 조그만 세계의 문을 꽉 닫아두고 싶은 겁니다.

그런데 저 벽장을 좀 열어주십시오. 네, 거기 그 그림을 보세요. 모르시겠어요? 〈결백한 재판관들〉입니다. 놀라지 않으세요? 그래 당신의 교양에도 결함이 있는 모양입니다그려? 그렇지만 신문을 읽으신다면 기억하실 거예요. 1934년에 강(Gand)의 생 바봉 대성당에서 반 에이크의 저 유명한 병풍 〈신비로운 어린 양〉의 한 폭이 도난당한 사건 말입니다. 그 한 폭이 바로 〈결백한 재판관들〉이라고 불리는 그림이었지요. 성스러운 동물을 경배하려고 말을 타고 오는 재판관들을 그린 겁니다. 그 그림은 교묘한 모사로 대치되었습니다. 원화를 찾아내지 못했으니까요. 이것이 바로 그거예요. 아니, 나는 아무 관계도 없습니다. 일전에 당신도 본 적 있는 멕시코시티의 한 단골 녀석이, 어느 날 밤 취해서 술 한 병 값으로 고릴라에게 팔아버린 겁니다. 나는 주인에게 처음엔 그것을 적당한 곳에 걸도록 권했습니다. 그래서 오랫동안, 전 세계에서 그들을 찾고 있는 판이었는데, 저 경건한 재판관 나리들은 멕시코시티에서 주정꾼들과 기둥서방들 위에 자리 잡고 있었답니다. 그러다가 내 요청에 따라서 고릴라는 여기에다 맡겨둔 거예요. 그 녀석은 좀 좋아하지 않는 눈치였지만, 내가 사건의 경위를 설명해주었더니 겁을 집어먹었어요. 그때부터 저 존경할 만한 사법관 제씨는 나의 유일한 벗 구실을 해주고 있습니다. 그곳 카운터 위에 어떤 빈자리를 저들이 남겼는지 보셨지요.

왜 이것을 반환하지 않았느냐고요? 아! 하! 당신은 형사 같은 반사 신경을 가지고 계시군요! 만약에 이 그림이 내 방에 착륙했다는 사실을 마침내 누가 알아내게 된다면, 예심 판사에게 할 것 같은 대답을 당신께 해드리지요. 첫째로 이것은 내 소유물이 아니고 멕시코시티 주인의 소유물이며, 대주교가 가질 수 있는 것을 그가 가져서 안 된다는 법은 없기 때문입니다. 둘째로 〈신비로운 어린양〉을 보며 그 앞을 지나가는 사람들 가운데 모사와 원화를 구별할 수 있는 사람은 아무도 없고, 따라서 내 탓으로 손해를 입는 사람은 아무도 없기 때문이며, 셋째로 이렇게 감춰 두면 내가 군림할 수 있기 때문입니다. 가짜 재판관들이 세상 사람들에게 감탄의 대상으로 제공되고 있는 가운데 진짜 재판관들은 나만 알고 있으니까요. 넷째로는 이렇게 해둠으로써 나는 감옥에 보내질 기회를 얻을 수도 있기 때문이며, 이러한 생각에는 일종의 유혹을 느끼게 되니까요. 다섯째로 이 재판관 나리들은 어린양을 만나러 가는데 이미 어린양이나 결백성은 없으며, 따라서 이 그림을 훔친 교묘한 범인은 거역하지 말아야 할 미지의 정의의 일꾼이었기 때문입니다. 끝으로 이리하여 우리는 질서를 회복할 수 있기 때문입니다. 결백은 십자가 위에, 정의는 벽장 속에, 이렇게 정의와 결백이 결정적으로 분리되었으니 나는 내 신념에 따라 자유행동을 취할 수 있단 말입니다. 수많은 실망과 모순을 체험하고 나서 들어앉게 된 고해 판사라는 어려운 직업을 나는 정직히 수행할 수 있을 테고 당신이 떠날 때도 되었으니, 이제는 이 직업이 어떠한 것인가를 이야기해야겠습니다.

    그러기 전에 몸을 일으키고 숨을 좀 편히 쉬게 해주십시오. 아! 참 피곤합니다! 저 재판관들을 쇠를 채워 잠가주세요. 고맙습니다. 고해 판사의 일을 지금 이 순간에도 나는 하고 있습니다. 보통 나의 사무실은 멕시코시티에 있습니다만, 본래 중대한 천직들이란 일터 밖으로 연장되는 법입니다. 침대에 누워서도, 열에 들떠서도 나는 일을 합니다. 그리고 이 직업이란 하는 게 아니라 항상 호흡하는 겁니다. 사실 지나간 닷새 동안 내가 당신에게 그토록 길게 이야기한 것이 그저 장난삼아 한 일이라고는 생각하지 마십시오. 아니에요. 옛날엔 공연히 빈말을 퍽 많이 지껄였습니다만, 지금은 내 이야기에 일정한 방향이 있어요. 물론 웃음을 그치게 하고 빠져나갈 길이 없어 보이더라도, 자신의 심판을 회피하려는 생각에 따라서 방향이 정해져 있습니다. 심판을 회피하는 데 가장 큰 장애는 우리가 누구보다도 먼저 자신의 죄를 알고 있다는 사실이 아니겠습니까? 그러니까 우선 단죄(斷罪)를 모든 사람에게 무차별하게 확대할 필요가 있습니다. 그러면 벌써 단죄가 좀 희미해지니까요.

누구에게도 변명은 있을 수 없다, 이것이 내 출발점의 원칙입니다. 선량한 동기며 동정할 만한 과오와 실수, 참작할 만한 정상(情狀) 등을 나는 전혀 인정하지 않습니다. 나는 축복을 해주는 일도 없고, 사면을 베푸는 일도 없습니다. 그저 계산을 하고 나서 "합계가 얼마다, 너는 배덕자다, 너는 색마다, 너는 허언자다, 너는 남색광이다, 너는 예술가다" 하는 식입니다. 그렇게 또박또박 따지지요. 철학에서나 정치에서나 나는 인간의 무죄를 거부하는 이론에 찬성하고, 인간을 죄인으로 다루는 방법에 찬성합니다. 보시다시피 나는 명철한 노예제도 지지자입니다.

노예제도 없이 결정적 해결은 있을 수 없습니다. 나는 곧 그걸 깨달았어요. 옛날엔 나도 입만 벌리면 자유를 이야기했습니다. 아침 식사 때 빵에다가 발라서 하루 종일 그걸 씹고 다니면서, 자유의 풍미가 그윽하게 풍기는 입김을 세상에 퍼뜨리고 다녔지요. 반대 의견을 가진 자들에게 나는 그 어마어마한 말로 후려갈기고, 그것을 내 욕망과 권력의 도구로 삼았습니다. 침대 속에서 잠든 여자들의 귀에다 대고 그 말을 소곤거리면, 여자들도 쉽게 뻗어버리더란 말입니다. 그 말을 살그머니⋯⋯. 허, 흥분해서 도가 지나쳤습니다. 그렇다곤 하지만 자유를 더 공정하게 사용한 적도 있고, 두서너 번 그걸 지키려고 한 일도 있습니다. 철없는 짓이었지요. 그 때문에 목숨을 바칠 정도는 아니었지만, 약간의 위험을 무릅쓰기까지 했어요. 그러한 경솔한 짓을 한 건 용서하셔야 할 겁니다. 내가 무슨 일을 하고 있는지 나 자신도 몰랐으니까요. 자유란 무슨 포상 같은 것도 아니고, 샴페인으로 축하하는 훈장 같은 것도 아니라는 사실을 나는 몰랐어요. 또 무슨 선물이나, 입술을 즐겁게 해주는 달콤한 과자 상자도 아니라는 것을. 아니고말고요. 반대로 자유는 고역이지요. 참으로 외롭고 진력나는 장거리 경주입니다. 샴페인도 없고, 다정스럽게 마주보며 술잔을 들어줄 친구도 없습니다. 침울한 방 안에서 외로이, 재판관들 앞좌석에 홀로 자리 잡고 있을 뿐입니다. 그리하여 자기 자신과 다른 사람들의 심판 앞에서 홀로 결정을 내려야 하는 겁니다. 모든 자유 끝에는 판결이 기다리고 있습니다. 그렇기 때문에 자유는 너무나 무거운 짐이지요. 열이나 괴로움이 있을 때,

사랑하는 사람이 아무도 없을 때는 더욱 그렇습니다.

아! 여보세요, 신도 주인도 없이 고독한 사람에게 나날의 무거운 짐은 지긋지긋한 것입니다. 자기의 지배자를 택하지 않으면 안 됩니다. 신은 이미 유행에 뒤떨어졌으니 말입니다. 게다가 이 신이란 이미 아무 뜻도 없습니다. 일부러 그런 말을 써서 남의 비위를 거스를 필요는 없을 겁니다. 가령 여간 근엄하지 않고 이웃은 물론 무엇이나 사랑하는 저 모럴리스트들, 그들을 그리스도 교도의 상태와 구별 짓는 것은 결국 아무것도 없습니다. 다만 교회에서 설교를 하지 않는다는 점만 다를 뿐입니다. 개종하면 될 것을 안 하는 이유는 무엇일까요? 당신 생각엔 어떻습니까? 아마도 면목, 타인에 대한 체모, 그렇습니다, 사회적 체면 때문일 테지요. 그들은 스캔들을 일으키기를 원하지 않는 까닭에 본심을 드러내지 않으려고 합니다. 나는 밤마다 기도를 드리는 어느 무신론자와 알게 된 일이 있습니다만, 그렇다고 해서 그의 행동에는 다름이 전혀 없었습니다. 저작(著作)에서 신에 대하여 하는 소리는 어떠했겠습니까! 이름은 생각 안 나지만, 어떤 자의 표현을 빌리자면 마구 들이갈기는 것입니다. 어느 자유사상 투사에게 그 사실을 알렸더니, 악의로 한 일은 아니었겠지만, 그 사도(使徒)는 팔을 하늘로 쳐들고 "조금도 새로운 이야기가 아닙니다. 그들은 모두 그 모양이니까요" 하고 탄식하더군요. 그의 말을 믿는다면, 자기 저서에 서명을 하지 않아도 된다면 우리 저

술가의 팔십 퍼센트는 신의 이름을 쓰고 경배하리라는 겁니다. 그렇지만 그의 말에 의하면, 그들은 자신을 사랑하기 때문에 서명을 하고 서로 미워하기 때문에 아무것도 경배하지 않는다는 겁니다. 그러면서도 심판만은 아니라고 배기지 못하니까 모럴을 내세웁니다. 요컨대 녀석들은 덕스러운 악마주의의 도당이지요. 참말 야릇한 시대입니다! 그러니 머리들이 혼란스러운 것도 놀라운 일은 아니고, 나무랄 데 없는 남편일 적에는 무신론자이던 나의 어느 친구가 간통을 하게 되자 개종했다는 사실도 놀랄 것은 못 됩니다.

아! 음험한 졸때기 희극배우, 위선자 놈들! 그렇지만 가엾기도 하군요. 그래요, 정말 어느 놈이나 모두 다 그래요. 심지어 하늘에다 불을 지를 적에도 그렇습니다. 무신론자이건 독실한 신자이건, 모스크바 파이건 보스턴 파이건, 모두 부자상전(父子相傳)의 그리스도 교도입니다. 그렇지만 이제는 아버지도 규칙도 없습니다! 우리는 자유로워진 겁니다. 그러니 저마다 자력으로 어떻게든지 해야 할 텐데, 그들은 무엇보다도 자유와 자유에 따르는 판결을 바라지 않으니까, 벌을 달라고 애원하며 무시무시한 규칙을 꾸며내고 교회를 대신할 화형대를 쌓아 올리느라고 광분합니다. 사보나롤라* 같은 놈들입니다. 그런데 그놈들은 죄

---

* 십오세기 이탈리아의 종교개혁가

만 믿고 은총은 믿지 않습니다. 물론 생각은 하지요. 은총, 그것이 그들도 바라는 것이기는 하단 말입니다. 긍정, 신뢰, 삶의 행복, 그런 걸 바랄 테고, 또 녀석들은 감상적이니까 결혼의 약속이라든가, 순결한 처녀라든가, 정직한 사내라든가, 음악 같은 걸 바랄지도 모릅니다. 가령 감상적이 아닌 나는 무얼 꿈꾸었는지 아십니까? 온 마음과 몸을 불사르는 완전한 사랑, 밤낮으로 끊임없는 포옹 가운데 쾌락과 흥분의 오 년을 보내고 나서 죽었으면 하는 거였죠. 오호라!

그런데 티 없는 약혼 시절도 끊임없는 사랑도 없으니, 폭력과 채찍을 휘두르는 야수적인 결혼일 수밖에 없지요. 요는 모든 것이 어린애에게서처럼 단순해지고, 모든 행동이 명령에 따르게 되고, 선과 악이 강압적으로, 따라서 명확히 규정되는 일입니다. 야만인 같은 기질을 가진 데다 손톱만치도 그리스도 교도가 아닌 나도(그리스도 교도 중 맨 첫 사람에게는 우정을 느끼고 있습니다만) 그것에는 찬성입니다. 파리의 다리 위에서 나 역시 자유가 무섭다는 것을 알았으니까요. 그러니까 그것이 누구든 하늘의 계명을 대신할 지배자는 대환영을 받습니다. "잠정적으로 이곳에 계신 우리 아버지…… 우리의 지도자, 달갑게 엄하신 우리의 상전, 오! 준엄하고 사랑받는 인도자시여……." 결국 그러니까 요는 자유를 버리고 회한 속에서, 자기보다 더 불량한 놈에게 복종하는 겁니다. 우리가 모두 죄인이 되면, 그때는 민주주의가 실현될 겁니다. 외롭게 죽어야 한다는 것에 대한 앙갚음을 해야 한다는 일은 별도지요. 죽음은 고독한 것이지만 굴종은 집단적입니다. 다른 사람들에게도 우리와 마찬가지로 허물이 있다, 그것이 중요한 겁니다. 결국 모두 모이게 되는 거지요. 그러나 무릎을 꿇고 머리를 숙이고 말입니다.

사실 사회를 닮아서 살아가는 것이 상책 아니겠습니까? 그리고 그러자면 사회가 나를 닮아야 하지 않겠습니까? 위협, 불명예, 경찰 등은 그러한 닮음을 보장하기 위한 비적(秘蹟)입니다. 멸시받고 꼼짝할 수 없이 강제당하게 되면, 나는 역량을 마음껏 발휘할 수 있고, 있는 그대로의 인생을 향락할 수 있습니다. 요컨대 자연스러울 수 있는 겁니다. 여보세요, 그렇기 때문에 나는 자유를 성대하게 예찬하고 나서 곧 그것을 누구에게든지 맡겨버려야겠다고 슬그머니 결심한 거예요. 그리하여 기회가 있을 적마다 멕시코시티 교회당에서 설교하면서 복종하도록, 굴종의 안락을 겸허히 희구하도록 대중에게 권유하고 있습니다. 굴종을 진정한 자유라고 말해도 무방하리라는 각오를 하고서 말입니다.

그렇지만 내가 얼빠진 놈은 아닙니다. 노예제도가 당장에 실현되지 않으리라는 것은 나도 알고 있습니다. 그것은 장래에 이룩될 혜택 중 하나일 것입니다. 그때까지 나는 현재에 대처하여 적어도 잠정적으로나마 무슨 해결책을 찾지 않으면 안 됩니다. 그래서 내 어깨 위에 내리덮이는 심판을 가볍게 만들기 위해서, 그것을 모든 사람에게 확대하는 다른 방법을 하나 찾아보아야만 했던 것입니다. 그 방법을 발견했어요. 창문을 좀 열어주십시오. 여간 덥지 않군요. 너무 열진 마세요. 춥기도 하니까요. 나의 생각은 간단하면서도 풍요합니다. 자기만 햇볕을 쬘 권리를 얻기 위해서 모든 사람을 목욕물 속으로 밀어 넣자면 어떻게 해야 할 것인가? 현대의 많은 저명한 인사들처럼 설교단에 올라서서 인류를 저주해야 할까? 그건 매우 위험합니다! 어느 날, 어느 날 밤 조소가 느닷없이 터지고 맙니다. 남에게 내리는 판결이 결국은 이편 얼굴로 곧장 튀어 와서 상당한 상처를 입히게 됩니다. 그렇다면 어떻게 해야 하느냐고요? 들어보십시오. 희한한 방법이 있습니다. 지배자들과 그들의 채찍이 나타날 때까지, 우리는 승리를 거두기 위하여 코페르니쿠스가 한 것처럼 추리를 역전시켜야 하리라는 것을 나는 깨달았습니다. 자기 자신을 심판함 없이 남을 심판하기란 불가능한 일인즉, 남을 심판할 권리를 얻기 위해서 우선 자신을 통렬히 비판할 수밖에 없었습니다. 심판자는 모두 마침내는 죄인이 되고 마니까, 길을 반대로 잡아서 죄인의 직책을 다하여 나중엔 심판자가 될 수 있도록 해야 했어요. 내 이야기를 아시겠습니까? 좋습니다. 그런데 더 분명히 이해하실 수 있도록 내가 어떻게 일을 하는지 이야기하지요.

우선 나는 변호사 사무소를 닫아버리고 파리를 떠나 여행을 했습니다. 이름을 갈아 붙이고 손님이 없지 않을 어느 고장에서 자리를 잡아볼 생각을 했어요. 세상에는 그러한 고장이 많이 있습니다만, 우연과 편의와 운명의 장난과 또 일종의 고행에 대한 필요성으로 물과 안개의 수도, 운하의 코르셋을 입힌 듯하고 유달리 번잡하며 온 세계에서 몰려온 사람들이 찾아드는 도시를 선택하게 되었습니다. 나는 선원들이 오가는 구역의 어느 바에 사무소를 설치했습니다. 항구의 고객은 찬차만별입니다. 가난한 사람들이 호화로운 곳에 가는 일은 없지만, 의젓한 사람들은 언제나, 당신도 보신 것처럼, 적어도 한 번쯤은 평판이 좋지 않은 장소에 표착하게 마련입니다. 나는 특히 부르주아를 노립니다. 내가 최대한의 능률을 발휘할 수 있는 상대라고 할 수 있습니다. 나는 능란한 솜씨로 그러한 상대방과 더불어 가장 세련된 어조를 끌어내는 겁니다.

그처럼 얼마 전부터 멕시코시티에서 나의 유익한 직업에 종사하고 있는데, 우선 당신도 경험하신 것처럼 되도록 자주 공공연한 고백을 하는 겁니다. 나는 종횡무진으로 자기를 고발합니다. 어려운 일은 아닙니다. 이제는 암기하고 있을 정도니까요. 그렇지만 주의하세요. 나는 쑥스럽게 마구 가슴을 두드리면서 자책하진 않습니다. 그렇게 하는 게 아니라, 이야기를 부드럽게 하고, 수많은 뉘앙스를 붙이고, 여담도 섞어가며 요컨대 이야기를 듣는 사람의 기질에 맞춰서 그로 하여금 효과를 더한층 높이게 하는 겁니다. 나에 관한 일과 다른 사람들에 관련된 일을 섞기도 하고, 누구에게나 공통되는 점, 우리가 다 함께 겪은 고통의 경험, 우리 모두가 가지고 있는 약점 따위를 들어 이야기하기도 하고, 어엿한 것, 내 속에도 다른 사람들 속에도 날뛰고 있는 현대인이라는 것을 논의 대상으로 삼기도 합니다. 그것들을 가지고 나는 모든 사람의 것인 동시에 어느 누구의 것도 아닌 초상화를 만들어냅니다. 말하자면 그건 하나의 가면인데, 사육제에서 볼 수 있는 것들과 아주 흡사하지요. 여실하면서도 단순화된 것이어서, 사람들은 그것을 보며 "이것 보게, 어디서 만난 적이 있는 녀석인데!" 하고 생각하게 됩니다. 오늘 저녁처럼 초상화가 다 되면, 나는 그것을 보이고 비탄을 금치 못하며 "이것이 내 꼴입니다" 하고 말하지요. 논고가 끝난 것입니다. 그러나 그와 동시에 내가 동시대인들에게 보이는 초상화는 거울이 됩니다.

　재를 뒤집어쓰고, 지그시 머리털을 쥐어뜯고, 손톱으로 얼굴을 할퀴면서, 그러나 날카롭게 눈을 부릅뜨고 온 인류 앞에 버티고 서서, 내가 일으키는 효과를 정시하기를 그치는 일 없이 나의 치욕을 추려 이렇게 말합니다. "나는 말째 중에서도 말째인 놈이었습니다." 그러고는 이야기 도중에 슬그머니 나라는 말에서 우리라는 말로 옮겨 갑니다. "우리 꼴을 보십시오" 하고 말하는 대목에 이르면 일은 다 된 셈이어서, 그들의 정체를 폭로할 수 있습니다. 물론 나도 그들과 마찬가지요, 우리는 모두 같은 흙탕 속에 빠져 있지요. 그렇지만 나는 그것을 알고 있다는 우월성을 가지고 있으니까, 나에게는 이야기할 권리가 있는 겁니다. 그게 유리하다는 것은 물론 아시겠지요. 나 자신을 고발할수록 당신을 심판할 수 있는 내 권리는 더욱 커집니다. 더구나 나는 당신으로 하여금 당신 자신을 심판하도록 만들어버리는데, 그것이 내게는 위안이 되거든요. 아! 정말 우리는 야릇하고도 가련한 존재입니다. 조금이라도 자기의 생애를 돌이켜본다면, 스스로 놀라고 자기 자신을 괘씸하게 여기게 될 기회는 참으로 많습니다. 한번 해보세요. 당신 자신의 고백을 크나큰 형제애를 갖고 틀림없이 들어드리겠습니다.

웃지 마십시오. 물론 당신이 상대하기 어려운 손님이라는 건 처음부터 알았습니다. 그렇지만 어차피 당신도 그렇게 하고야 말 겁니다. 그건 불가피한 일이에요. 다른 사람들은 대개 이성적이라기보다 감상적이어서 대번에 꼼짝 못하게 할 수 있어요. 지성이 강한 사람들은 시간이 좀 걸리지만, 그들에겐 방법을 철저히 설명해주면 됩니다. 그들은 잊어버리지 않고 다시 생각을 하게 됩니다. 그러다가 어느 날에 가서든지 결국 반은 장난삼아 반은 어지러운 심경을 못 이겨 일에 착수하게 되지요. 당신은 지성이 강할 뿐만 아니라 노련하기도 한 것 같군요. 그렇지만 닷새 전보다 오늘은 당신 자신에 대한 만족감이 덜한 게 사실이지요? 이젠 당신이 나에게 편지를 보내주시든지, 다시 나를 찾아오시든지 할 것을 기다리겠습니다. 당신은 틀림없이 다시 돌아오실 테니까요! 변함없는 나를 발견하시게 될 것입니다. 내게 적합한 행복을 찾았는데 내가 변할 까닭이 어디 있겠습니까? 나는 이중성을 한탄하지 아니하고 받아들이기로 했어요. 오히려 그 속에 자리 잡고 들어앉아서 일생 동안 찾아온 안락을 발견한 겁니다. 요는 심판을 회피하는 것이라고 했는데, 사실 그 말엔 어폐가 있습니다. 중요한 건 이따금 큰 소리로 자기 자신의 추악함을 공개할 셈 치고 무엇이든 하고 싶은 짓을 다 해버리는 일입니다. 나는 예전처럼 다시 하고 싶은 일을 무엇이나 다 하게 되었는데, 이제 웃음은 들리지 않습니다. 생활을 고친 것이 아니어서 여전히 나 자신을 사랑하고 다른 사람들을 이용하고 있습니다. 다만 과오를 고백하기 때문에 전보다 가벼운 마음으로 그런 일을 다시 할 수 있고, 첫째로는 자신의 본성, 둘째로는 흡족한 회한을 이중으로 향락할 수 있는 겁니다.

해결책을 발견한 이후로 나는 무엇에나 몸을 맡기고 있습니다. 여자에도, 오만에도, 권태에도, 원한에도, 그리고 지금도 몸이 달아오르는 것을 흐뭇하게 느끼고 있습니다만, 이 신열에도 드디어 군림하게 된 겁니다. 그것도 영원히. 나는 다시금 꼭대기를 발견한 셈인데, 거기엔 나밖에 오를 수 없고, 거기서 모든 사람을 심판할 수 있습니다. 이따금 밤이 정말 아름다울 때는 멀리서 웃음소리가 들려와서 다시 의심을 품기도 합니다만, 그러면 재빨리 인간이고 무엇이고 모든 것을 나 자신의 결함의 무게로 짓눌러버리지요. 그러면 나는 다시 원기를 얻습니다.

그러니까 언제까지라도 당신이 멕시코시티에 경의를 표하러 나타나기를 기다리겠어요. 그런데 이 이불을 좀 젖혀주십시오. 숨을 쉬어야겠습니다. 다시 오시겠지요? 내 기술의 세세한 점까지 보여드리겠습니다. 당신에게 일종의 애정을 느끼니까요. 스스로가 추악하다는 걸 내가 밤새도록 그들에게 가르쳐주는 장면을 보실 수 있을 겁니다. 하긴 오늘 밤부터 또 시작하겠습니다. 안 하고는 배길 수 없고, 또 그중 한 녀석이 알코올 탓도 있고 해서 쓰러져가지고 가슴을 두드리는 그 순간을 놓치고는 견딜 수 없습니다. 그러면 나는 커지거든요. 커져서 자유로이 호흡을 하고, 산 위에 서 있게 되고, 눈 밑에는 벌판이 널따랗게 내려다 보이지요. 자기 자신을 만물의 아버지 신으로 느끼는 그 도취감! 그리고 그릇된 생활과 품행의 결정적 증명서를 수여할 때의 그 도취감! 내 흉악한 천사들에 둘러싸여서 네덜란드의 하늘 꼭대기에 군림하여, 최후의 심판을 받으려는 군중이 짙은 안개와 물을 헤치고 나와 내게로 올라오는 것을 바라다봅니다. 그들은 서서히 떠오르는데, 벌써 그중 첫 번째 사람이 내게 이른 것을 봅니다. 한 손으로 절반쯤 가린 그의 얼빠진 얼굴에는 인간 조건에 대한 슬픔과 그것을 피할 길 없는 절망이 새겨져 있습니다. 나는 그들을 사면함 없이 가엾이 여기고, 용서하지 않고 이해할 뿐, 그리고 무엇보다도, 아아! 사람들이 마침내 나를 경배한다는 것을 느낍니다.

네, 나는 꿈틀거리고 있어요. 어떻게 가만히 누워 있을 수 있겠습니까? 당신들보다 더 높은 곳에 있어야 하겠으니, 그런 생각을 하면 몸이 저절로 솟아오릅니다. 그러한 밤이면, 아니 차라리 그러한 아침이면―왜냐하면 전락은 새벽녘에 일어나니까요―나는 밖으로 나가서 흥분한 발걸음으로 운하를 따라 걷습니다. 희멀건 하늘에는 날개 구름이 엷어지고, 비둘기들은 더 높이 떠오르며, 지붕 위에 비낀 장밋빛 여명이 내 창조의 새로운 하루를 알려줍니다. 담락 대로에선 첫 전차가 눅눅한 공기 가운데 딸랑거리며 유럽 한 끝에서 삶을 깨우치는 종소리를 울립니다. 그 시각에 온 유럽에서는 나의 신하들인 인간 수억 명이 괴로운 듯 쓴 입맛을 다시며 잠자리에서 빠져나와 기쁨 없는 일터로 가야만 합니다. 그러할 때 나는 저도 모르게 나에게 예속된 전 대륙 위로 상념을 타고 떠올라 아침 햇빛을 압생트처럼 마시며 거친 언설에 도취됩니다. 나는 행복합니다. 행복하단 말이에요. 내가 행복하다는 걸 믿지 않으면 안 됩니다. 죽기라도 할 만큼 나는 행복해요! 오오! 태양, 바닷가, 그리고 무역풍에 흔들리는 섬들, 생각만 해도 가슴 아픈 청춘!

다시 눕겠습니다. 용서합시오. 너무 흥분했던 것 같습니다. 하지만 울진 않습니다. 누구에게나 어리둥절할 때가 있고, 옳은 삶의 비결을 발견했을 때라도 자명한 일에 의심을 품게 되는 일이 있습니다. 나의 해결책은 물론 이상적인 것이 아닙니다. 그렇지만 마음에 들지 않는 제 삶을 갈아야겠다는 것을 알았을 적에 선택의 자유는 있을 수 없지요. 안 그래요? 어떻게 다른 사람이 될 수 있겠습니까? 불가능한 일입니다. 그러자면 적어도 한 번은 아무도 아닌 사람이 되어야 할 텐데, 어떻게 그럴 수 있겠습니까? 너무 괴롭히지 말아주세요. 어느 날 카페 테라스에서 내 손을 붙들고 놓지 않으려던 그 늙은 거지와 나는 흡사합니다. "아아! 선생님, 나쁜 놈은 아닌데 빛을 못 보게 됐어요" 하고 그 거지는 말했습니다. 우리는 빛을, 아침을 잃었고, 자기 자신을 용서하는 깨끗한 결백성을 잃어버린 겁니다.

　보세요, 눈이 내립니다! 아아! 나는 나가야겠어요. 백야에 잠든 암스테르담, 눈 덮인 작은 다리 밑에 경옥(硬玉) 빛의 어스름한 운하, 인기척 없는 거리, 소리 없는 나의 발걸음, 이야말로 내일의 흙탕이 다가오기 전에 잠시나마 순결한 정경일 것입니다. 커다란 눈송이 같은 것이 유리창에 휘날리는 걸 보세요. 분명히 비둘기들일 겁니다. 마침내 밑으로 내려올 생각을 한 모양입니다. 운하도 지붕도 두꺼운 날개의 이불로 덮어버리고, 모든 창가에서 파닥거리고 있습니다. 굉장한 침입입니다. 좋은 소식을 기대하십시다. 선택받은 자들뿐만 아니라 모든 사람이 구원을 받을 것이요, 부귀도 고통도 골고루 나누어지고, 가령 당신은 오늘부터 나를 위해서 매일 밤 땅바닥에 눕게 될 것입니다. 뭐든 환영이지요! 만약 하늘에서 수레가 내려와서 나를 실어 간다면, 또는 갑자기 흰 눈에 불이 붙는다면 당신은 어리둥절할 겁니다. 그건 믿을 수 없는 일이라고요? 나도 믿지 않습니다. 그렇지만 어쨌든 나는 나가야겠습니다.

　네, 네, 가만히 있겠습니다. 걱정 마세요! 그런데 내 감상이나 흥분을 너무 믿어서는 안 됩니다. 계획적인 것이니까요. 자, 이제는 당신이 이야기할 차례가 되었으니, 이제 곧 내 열렬한 고백의 목적 중 하나가 달성되었는지 어떤지 알 수 있겠군요. 사실 나는 지금도 내 이야기를 듣는 분이 형사여서 〈결백한 재판관들〉의 도난 사건으로 나를 체포해주시기를 기대하고 있습니다. 다른 일로는 아무도 나를 체포할 수 없습니다. 그렇지만 그 도난 사건으로 말하자면, 법률에 저촉될 뿐만 아니라 나까지 공범으로 몰리도록 모든 일을 꾸며놓았습니다. 나는 그 그림을 감춰두고 있으면서 보고 싶어 하는 사람에겐 보여주고 있거든요. 그러니 당신이 나를 체포해준다면 좋은 계기가 될 겁니다. 아마 뒷일을 맡아서 해줄 사람이 있을 테고, 가령 나는 목이 잘릴지도 모르고, 그러면 죽음이 두렵지 않게 될 테니까 구원을 받을 수 있겠지요. 그때엔 모여든 군중 위로 아직 생생한 내 머리를 그들이 알아볼 수 있도록, 그리고 내가 다시금 그들을 지배할 수 있도록 쳐들어주십시오. 그렇게 되면 모든 것이 완결되고, 광야에서 울부짖으며 거기서 나오기를 거부하는 사이비 예언자의 생애를 쥐도 새도 모르게 끝막을 수 있을 겁니다.

그렇지만 물론 당신은 형사가 아닙니다. 그렇다면 일은 너무나 간단할 겁니다. 뭐라고요? 아아! 그럴 줄 알았어요. 당신에게 이상한 애정이 느껴졌는데, 까닭이 있었군요. 당신도 파리에서 변호사란 재미있는 직업에 종사하시는군요! 우리가 같은 족속이란 건 알고 있었습니다. 우리는 결국 모두 비슷하지 않을까요? 미리부터 답을 알면서도 항상 같은 의문과 마주하여 끊임없이 어느 누구에게 하는 것도 아니건만 줄곧 지껄이고들 있지 않습니까? 그러니 이야기해주세요. 어느 날 저녁 센강가에서 당신에게 어떠한 일이 일어났으며, 어떻게 당신의 목숨을 위태롭게 하지 않는 데 성공했는지, 그걸 말씀해주세요. 여러 해 동안 밤마다 내 머릿속에서 울리던 그 말, 그리고 이제 드디어 당신의 입을 통해 내가 하게 될 그 말을 당신 자신이 해주십시오. "오오! 아가씨! 내가 이번에 우리 둘을 함께 구원할 수 있도록, 다시 한 번 물속에 몸을 던져주렴!" 다시 한 번! 어때요? 무슨 경솔한 이야기겠습니까! 여보세요, 만약에 그 말을 곧이듣는다면 어떻게 되겠어요? 정말 그대로 해야 할 테죠. 아이고, 떨려……. 물은 몹시 차갑거든요! 그렇지만 안심하십시다, 이제는 때가 늦었습니다. 영원히 때는 늦었어요. 다행한 일이지 뭡니까!

작품 해설
참회와 심판의 아이러니

《전락(La Chute)》은《이방인(L'Étranger)》,《오해(Le Malentendu)》,《칼리굴라(Caligula)》,《페스트(La Peste)》 등과 같은 문학작품, 그리고 부조리와 반항 등의 개념을 심도 있게 다루고 있는《시지프의 신화(Le Mythe de Sisyphe)》,《반항하는 인간(L'Homme révolté)》 등과 같은 철학적 에세이로 우리에게 널리 알려진 알베르 카뮈(Albert Camus: 1913~1960)가 1956년에 발표한 작품이다. 카뮈 연구자들에 따르면 이 작품은 소설과 희곡의 성격을 가지고 있는 것으로 여겨지며, 심지어는 그의 '속내 이야기(confidence)'를 담고 있는 철학적 에세이로 분류되기도 한다.

애당초 이 작품은 1957년에 출간된 카뮈의 단편집《적지와 왕국(L'Exil et le royaume)》에 포함될 단편 중의 하나로 구상되었지만, 길이가 너무 길어져 하나의 독립된 작품으로 먼저 출간되었다. 내용면에서 보면《전락》과《적지와 왕국》사이에는 어느 정도 연결되는 부분이 없지 않다. 하지만《전락》이 그의 문학과 사유 전체에서 차지하고 있는 비중을 고려하면 이 작품이 하나의 독립된 작품으로 출간된 것은 지극히 마땅하고도 자연스러운 일로 보인다.《전락》은 또한 1957년 노벨문학상 수상에도 작지 않은 영향을 미쳤으며, 3년 후인 1960년에 불의의 교통사고로 세상을 떠난 그의 문학적 명성에도 큰 기여를 한 것으로 여겨지는 작품이다.

《전락》은 카뮈의 작품들 중 가장 완성도가 높은 작품이라는 평과 가장 복잡하고 난해한, 따라서 가장 이해하기 어려운 작품이라는 평을 동시에 받고 있는 작품이다. 하지만 이 작품의 줄거리는 의외로 단순하다. 이 작품은 운하와 회색빛의 도시 네덜란드의 수도 암스테르담의 한 술집을 배경으로 파리의 전직 변호사였던 클라망스가 끝없이 늘어놓는 '계산된 고백'을 따라 진행된다. 그의 고백에 따르면 그는 파리에서 명성을 날리던 변호사, 특히 가난하고 힘없는 자들을 위해 싸우는 덕망 있는 변호사였다. 하지만 그는 많은 사람들의 환호와 박수갈채 속에서 항상 정상에 올랐다는 느낌을 지닌 채 마치 초인이라도 된 것처럼 다른 사람들 위에 군림하고 또 그들과의 관계에서 우월감을 느끼며 살아왔다. 요컨대 파리에서 변호사로서 '양심상의 평화'를 만끽

하며 만족스러운 삶을 영위해왔던 것이다.

하지만 클라망스가 파리에서 누렸던 우월감을 바탕으로 한 이와 같은 만족스러웠던 삶과 '양심상의 평화'는 센강의 퐁데자르를 건너던 중 듣게 된 정체 모를 웃음소리로 인해 급변한다. 그에 따르면 이 웃음소리를 들었던 순간에 "모든 것이 시작되었던 것"으로 보인다. 그런데 이 웃음소리는 그가 파리에서 직접 겪었던 한 사건에 대한 기억과 깊이 연루되어 있다. 실제로 그는 문제의 웃음소리를 듣기 2~3년 전에 센강의 퐁루아얄 위에서 이 다리의 난간에 기대어 강물을 굽어보고 있던 한 젊은 여자를 본 적이 있었다. 그때 그는 이 젊은 여자를 외면하고 가던 길을 계속 갔지만 곧 이 여자가 강으로 뛰어든 소리와 이 여자의 비명이 잦아드는 소리를 듣게 된다. 그는 달려가서 그녀를 구하고 싶었지만 결국 "너무 늦었다, 너무 멀다"고 판단하고 길을 계속 갔던 적이 있었던 것이다.

그런데 이 사건은 후일 변호사 클라망스의 명성을 더럽히는 얼룩이자 오점이 되고 만다. 그는 이 사건으로 인해 다른 사람들로부터 죽어가는 사람을 구하지 않았다는 비난어린 심판을 받게 될까 봐 마음속으로 두려워하고 있었다. 실제로 그가 퐁데자르 위에서 들었던 정체 모를 웃음소리는 바로 그들로부터 오는 비난어린 심판에 다름 아니다. 요컨대 그는 '정상'에서 '지옥'으로 '추락(chute)'을 점차 경험하게 된 것이다.

카뮈 자신이 직접 쓴《전락》의 '작가의 말(prière d'insérer)'에서 볼 수 있듯이 클라망스는 남들로부터 심판을 받는 것을 견디지 못하는 '현대인의 심성'을 가졌다. 해서 클라망스는 다른 사람들로부터 오는 자기에 대한 비난을 약화시키고 가능하다면 무력화시키기 위해 한 가지 방책을 고안해내기에 이른다. 그가 다른 사람들로부터 가혹한 심판을 받기 전에 자신을 먼저 심판대에 올려 심판하는 방책이 그것이다. 이른바 스스로 자발적 참회자가 되는 것이다. 자기가 지은 죄를 먼저 참회하고 나서 다른 사람들을 심판하기 위한 고도로 계산된 전략인 셈이다. 정확히 이런 이유로 카뮈는《전락》의 화자 클라망스에게 '재판관-참회자(juge-pénitent)'라는 이중의 직함과 역할을 부여하고 있다.

카뮈가 이처럼 클라망스에게 부여한 '재판관-참회자'라는 이중의 직함과 역할로 인해《전락》의 의미망은 더 두꺼워지며, 그런 만큼 이 작품의 모호성은 한층 커지게 된다. 이 작품에 대해 일반적으로 통용되고 있는 독법(讀法)에 따르면 클라망스에게는 카뮈 자신의 개인적인 모습이 그대로 투영되어 있는 것으로 여겨진다. 하지만 이와 같은 독법만으로는 이 작품이 가진 의미의 두께를 제대로 측정할 수 없는 것으로 보인다. 이 작품에 대한 좀 더 심화된 독법에 의하면 클라망스에게는 개인으로서의 카뮈 자신은 물론이거니와 특히 그와 동시대를 살았던 사르트르를 포함한 프랑스 지식인들의 모습, 나아가서는 비극의 세기라고 일컬

어지는 '20세기'를 몸소 겪었던 카뮈의 동시대인들의 모습이 복합적으로 투영되어 있는 것으로 여겨진다.

우선, 클라망스에게는 2차 세계대전을 전후해 파리에서 점차 명성을 얻어가던 카뮈, 그와 동시대를 살았던 '형제-적'으로 불리는 사르트르와 격렬한 논쟁을 벌였던 카뮈의 개인적인 모습이 그대로 투사되어 있는 것으로 보인다. 파리에서 변호사로 명불허전의 명성을 누렸던 클라망스의 모습에는 《이방인》, 《시지프의 신화》 등으로 파리에서 큰 성공을 거둔 작가로서의 카뮈의 모습, 2차 세계대전 중 《콩바(Combat)》지를 중심으로 레지스탕스 운동을 활발하게 펼쳤던 참여지식인으로서의 카뮈의 모습 등이 오롯이 투영되어 있다. 하지만 센강의 퐁루아얄 위에서 한 젊은 여자의 죽음을 외면한 사건 이후 클라망스가 점차 '추락'을 경험하는 모습과 1951년 《반항하는 인간》의 출간 이후 카뮈가 사르트르와의 논쟁을 통해 그동안 쌓았던 작가와 참여지식인으로서의 영광을 한순간에 잃고 고통스러워하며 절망하는 모습에는 분명 겹치는 부분이 없지 않다.

실제로 1951년 《반항하는 인간》의 출간 직후 촉발된 그 유명한 '카뮈-사르트르' 논쟁에서 카뮈는 사르트르로부터, 아니 더 정확하게는 사르트르 '진영'과 일군의 좌파 지식인들로부터 무차별 공격을 당한다. 여기서 사르트르 '진영'이라 함은 1945년에 창간된 잡지 《현대(Les Temps modernes)》에 속했던 소위 '실존주의

자들'을 가리킨다. 또한 일군의 좌파 지식인들이라 함은 주로 그 당시 PCF(Parti communiste français, 프랑스공산당)에 가입한 지식인들을 가리킨다. 특히 PCF는 2차 세계대전 당시 레지스탕스 운동에 적극적으로 가담했고 또 그 결과 많은 사람들이 총살되었다는 이유로 '총살당한 자들의 당'으로 불리기도 했다. 이런 이유로 이른바 PCF에 가입한 좌파 지식인들은 2차 세계대전 직후 프랑스의 지식인 사회에 강력한 영향력을 행사하고 있었다.

그런데 1951년 《반항하는 인간》 출간을 계기로 카뮈는 PCF에 가입한 좌파 지식인들과 특히 사르트르 진영으로부터 통렬한 공격을 받게 된다. 이른바 '카뮈-사르트르' 논쟁이 점화되고 확대된 것이다. 그렇다면 카뮈는 어떤 이유로 이 논쟁에서 두 진영으로부터 그처럼 무차별 공격을 당하게 되었을까? 이 질문에 대한 답은 '진보적 폭력(violence progressive)' 개념과 거기에 따르는 이른바 '목적-수단(fin-moyen)' 논쟁에 있는 것으로 보인다.

카뮈는 《반항하는 인간》에서 "나는 반항한다. 그러므로 나는 존재한다"에서 "나는 반항한다. 그러므로 우리는 존재한다"로의 이행, 곧 카뮈의 '개인적 코기토(cogito)'에서 '집단적 코기토'에로의 이행을 통해 '반항'에 대한 철학적 설명을 시도한다. 하지만 그는 '한계'와 '절도'의 논리를 내세우며 '역사적 반항'에서 '폭력'의 사용을 최대한 배제하는 입장을 견지한다. 하지만 당시 프랑스 지식인 사회의 주도권을 쥐고 있던 사르트르 진영과 PCF

에 가입한 좌파 지식인들 사이에서는 이른바 '진보적 폭력' 개념이 용인되고 있었다. 미래에 실현될 유토피아를 위해서라면 현재에 자행되는 폭력은 어느 정도 용인되고 정당화될 수 있다는 것이 바로 이 진보적 폭력 개념의 요체이다. 그리고 프랑스의 지식인 사회는 이 진보적 폭력 개념을 바탕으로 실제로 구소련에서 유토피아가 건설되고 있다는 강한 확신을 가지고 있었다. 물론 이와 같은 확신은 구소련으로부터 흘러나오는 정보 부족으로 인해 잘못된 것이라는 점이 나중에 백일하에 드러나긴 했지만, 1951년을 전후한 시기에는 돈독한 우정으로 맺어졌던 카뮈와 사르트르 사이를 갈라놓을 정도로 강한 것이었다.

또한 이 진보적 폭력 개념은 '목적-수단' 논쟁과도 밀접하게 연결되어 있다. 카뮈는 《반항하는 인간》에서 '목적'과 '수단'의 관계에서 '목적'도 정당화되어야 하고, 그것을 실현하는 데 동원되는 '수단'도 정당화되어야 한다는 점을 강조한다. 이에 반해 사르트르는 메를로 퐁티 등과 더불어 '목적'이 정당하다면 그것을 실현하기 위해 어느 선까지 폭력 사용이 용인되고 정당화될 수 있다는 논리를 펼쳤다. 이와 같은 논리에 입각해 '진보적 폭력'을 '필요한 폭력(violence nécessaire)'과 '유용한 폭력(violence utile)'으로 여기면서 사르트르 진영에 속한 실존주의자들과 PCF에 가입한 좌파 지식인들은 폭력 사용을 극구 배제하는 카뮈, 그러니까 '손을 더럽히는 것(salir les mains)'을 거부하는 카뮈에게 일제히 등을 돌렸던 것이다.

　카뮈는《반항하는 인간》출간 이후 촉발된 이와 같은 사르트르, 그의 진영에 속한 실존주의자들과 PCF에 가입한 좌파 지식인들과의 격렬한 논쟁의 충격으로 완전히 침몰하게 된다. 그때까지 활발하게 해오던 집필 활동을 거의 할 수 없었을 뿐만 아니라 평소 가까웠던 주위 사람들로부터 오는 비난, 무시, 조롱 등을 한동안 감내해야만 했다. 카뮈는《전락》에서 자신이 받았던 이와 같은 비난, 무시, 조롱 등을 클라망스가 도로에서 자동차를 운전하고 가다가 신호등에서 오토바이 운전자 때문에 겪은 공개적인 망신을 통해 우회적으로 표현하고 있다. 어쨌든 프랑스의 지식인 사회에서 완전히 고립되었던 카뮈는 1951년에서 1956년까지 마치 황량하고 삭막한 '사막'을 횡단하는 것 같은 힘든 시기를 보냈던 것이다. 그러다가 그는 오랜 침묵을 깨고 1956년에《전락》을 출간하기에 이른다.

　이와 같은 사실들을 고려하고, 또한 카뮈가《전락》의 화자인 클라망스에게 '재판관-참회자'라는 이중의 직명과 역할을 부여하고 있다는 사실을 고려하면, 클라망스의 모습에 단지 카뮈의 개인적인 모습만이 투영되어 있다고 말하기는 어려울 것 같다. 물론 '참회자' 클라망스의 모습, 즉 센강의 퐁루아얄 위에서 한 젊은 여자의 죽음을 외면한 자신의 도피적이고 비인간적인 태도를 참회하는 모습에는 폭력 사용을 배제함으로써, 곧 '살인'을 용인하지 않음으로써 억압받는 계층에 속하는 자들을 외면하고 그들을 적극적으로 돕지 못한 카뮈 자신의 모습이 투영되어 있는 것은 부인할 수 없는 사실이다. 그리고 카뮈 자신은 1951~1956년 사이에 이와 같은 자신의 모습에 대해 '지적 정직성'의 이름으로 어느 정도 반성과 참회를 했던 것으로 보인다.

하지만 카뮈는 《전락》에서 클라망스에게 단순히 '참회자'의 직함과 역할만을 부여하고 있지 않다. 게다가 클라망스가 참회자의 자격으로 자신을 먼저 심판한 것은 다른 사람들로부터 오는 비난을 누그러뜨리고 또 나아가서는 그들을 더 잘 심판하기 위한 전략의 일환이었다는 점은 앞에서 지적한 바 있다. 그렇다면 '재판관' 클라망스는 '참회자'로서 먼저 자기 자신을 이처럼 통렬하게 심판하고 참회하고 나서 대체 누구를 심판하고 단죄하고자 했던 것일까? 이 물음에 대한 답이 바로 사르트르를 위시해 그의 진영에 속했던 실존주의자들과 PCF에 가입했던 좌파 지식인들이라고 할 수 있다. 카뮈는 1951~1956년 사이에 이들로부터 버림받고 프랑스의 지식인 사회라는 '사막'을 외롭고도 쓸쓸히 횡단하면서 스스로를 반성하고 참회했던 것 이상으로 동시대를 살았던 그들을 심판하고 단죄하고자 했던 것으로 보인다.

사르트르를 위시해 그의 진영에 속했던 실존주의자들과 PCF에 가입했던 좌파 지식인들 역시 카뮈와 마찬가지로 2차 세계대전을 전후해 파리에서 명불허전의 영광을 누렸다는 것은 엄연한 사실이다. '실존주의는 휴머니즘이다'라는 제목의 강연을 기점으로 파리에서 퍼지기 시작했던 사르트르를 중심으로 한 실존주의는 당시 전 세계적으로 유행했던 하나의 문예사조였다. 또한 PCF에 의해 대표되는 공산주의 이데올로기는 당시 대다수의 지식인들을 유혹했던 '아편' — 카뮈와 동시대를 살았던 또 한 명의 지식인 R. 아롱의 저작 중 하나의 제목이 《지식인들의 아편(L'Opium des intellectuels)》임을 상기하자 — 이었다. 하지만 《전락》의 작가 카뮈의 눈에는 사르트르를 포함한 실존주의자들과 PCF에 가입한 좌파 지식인들의 폭력 사용을 용인하는 태도에서 공산주의라는 이데올로기에 무조건적으로 충성하는 태도, 곧 '예속'의 태도가 보였던 것이다. 《전락》에서 '재판관' 클라망스는 정확히 이와 같은 태도를 보인 자들을 직접 심판하고 단죄하고 있는 것으로 보인다.

하지만 《전락》의 화자인 클라망스에게서 단지 카뮈 개인과 그와 동시대를 살았던 사르트르를 위시해 프랑스의 좌파 지식인들의 모습만을 찾는 것으로 그친다면, 이 작품의 이해에서 뭔가 중요한 것을 놓치는 것으로 보인다. 그도 그럴 것이 이 작품에 대한 이와 같은 독법에 만족한다면 자칫 이 작품에 사르트르와 프랑스의 좌파 지식인들에 대한 카뮈의 개인적인 원한을 삭이려는 분풀이 정도의 의의만을 부여하게 될 위험성이 없지 않기 때문이다. 클라망스에게 '재판관-참회자'의 이중의 직함과 역할을 부여한 카뮈의 의도는 어쩌면 '20세기'에 대한 그 나름의 성찰과 반성의 결과를 제시해보려 했던 것이 아닌가 한다. 이렇게 생각하는 근거는 바로 '20세기'가 우리 인류가 체험했던 가장 비극적인 세기였다는 사실에 있다.

흔히 20세기는 전쟁의 세기라고 한다. 《전락》을 쓸 때까지 카뮈도 1, 2차 세계대전을 위시해 한국전쟁, 알제리 전쟁, 그리고 미소(美蘇)를 중심으로 한 냉전 등 수많은 전쟁을 직간접적으로 겪었다. 그중에서도 나치에 의해 자행된 유대인 학살이라는 전대미문의 폭력을 배태했던 2차 세계대전과 구소련에서 공산주의 이데올로기의 이름으로 자행된 이루 헤아릴 수 없는 살인 등은 20세기를 지금까지 인류가 겪었던 모든 세기들 중 가장 비극적인 세기로 규정하는 데 결정적 증거로 소용될 수 있을 것이다.

사르트르는 《말(Les Mots)》에서 "나는 책 속에서 태어났고 책 속에서 죽을 것이다"라고 말하고 있는데, 이를 조금 변형시켜 카뮈와 사르트르를 포함해 20세기를 살았던 우리 모두는 '전쟁 속에서 태어났고 또 전쟁 속에서 죽어갈 것이다'라고 말할 수 있을 것이다. 이는 곧 우리들 중 누구도 전쟁과 폭력으로부터 결코 자유롭지 못하다는 것을 의미한다. 더군다나 우리 모두는 이 모든 전쟁과 폭력의 주범이자 피해자이기도 했다.

《전락》에서 변호사 클라망스의 삶을 양분하게 된 센강의 퐁데자르 위에서 들었던 정체 모를 웃음소리로 다시 한번 돌아가 보자. 웃음소리의 원인이었던 여자의 죽음을 외면하고 그냥 지나쳤던 클라망스만이 참회를 해야 하는 죄인일까? 그때 여자의 죽음을 외면하고 그냥 지나쳤던 사람은 클라망스 혼자뿐이었을까? 아니 보다 더 근원적으로 여자를 죽음으로 내몬 이유는 무엇이었을까? 클라망스와 동시대를 살았던 사람들은 과연 여자를 죽음으로 내몬 이유와 아무런 관련이 없다고 장담할 수 있을까? 만일 이와 같은 질문에 대한 답이 부정적이라면 클라망스와 동시대를 살았던 사람들 모두가 죄인이라는 것은 분명하며, 그런 만큼 그들 모두는 각자를 심판하고 참회함과 동시에 서로가 서로의 잘잘못을 냉정하게 따지고 또 서로가 서로를 객관적으로 심판하는 과정을 거쳐야 할 것이다. 이성을 가진 인간이라는 종(種)이 그렇지 못한 다른 종과 다르다는 것을 증명해보이기 위해서라면 말이다.

카뮈는 《이방인》에서 뫼르소를 통해 "인간이란 어느 정도 잘못을 저지를 수밖에 없다"라고 쓰고 있다. 하지만 문제는 인간이 잘못을 저지르고 난 뒤에 보이는 반응과 태도이다. 자신의 잘못을 먼저 인정하고 참회하고 난 후에야 다른 사람의 잘못을 심판하고 단죄할 수 있다는 것, 그리고 이와 같은 잘못이 20세기를 살았던 모든 이들이 의무적으로 떠안아야 할 몫이라는 것을 극명하게 보여주는 것, 이것이 바로 카뮈가 《전락》을 통해서 우리에게 전달하고자 하는 메시지가 아닌가 한다. 실제로 카뮈는《전락》에 "우리 시대의 영웅(Un héros de notre temps)"이라는 제목을 붙이려고 했다고 한다. 이 작품에서 '참회자'의 자격으로 자신을 먼저 심판대에 올려 심판하고 참회하는 클라망스, 그리고 '재판관'의 자격으로 그와 동시대를 살았던 자들을 심판하고 단죄하면서 그들에게 '초상화-거울'을 내밀면서 반성을 단호하게 촉구하는 클라망스는 심판과 참회의 아이러니를 가장 극적인 방식으로 보여주고 있는 '우리 시대의 영웅'이라 불려 마땅할 것이다.

변광배(한국외국어대학교 미네르바 교양대학 교수)

알베르 카뮈 연보

1913년 11월 7일, 당시 프랑스 식민지인 알제리 몽도비에서 궁핍한 노동자인 아버지와 스페인계 어머니 사이에 태어남.

1918년 공립초등학교에 들어가 뛰어난 교사 루이 제르맹의 가르침을 받음.

1930년 알제대학교에 입학해 훗날 평생의 스승으로 여기게 된 철학 교수 장 그르니에를 만남. 대학 축구부 선수로 활약하기도 함. 12월 폐결핵을 앓음.

1934년 6월 시몬 이에와 결혼.

1936년 알제대학교를 졸업함. 철학 학위 논문 〈플로티노스와 성 아우구스티누스를 통해서 본 헬레니즘과 그리스도

	교 사상의 관계〉를 집필함. 알제 방송국 전속 극단의 배우로 활약하며 희곡《아스튀리의 반란》을 발표함.
1937년	'작업대'(아마추어 연극 단체)를 조직함. 에세이《안과 겉》을 출간함. 건강상의 이유로 교수 자격 취득을 단념함.
1938년	일간지〈알제 레퓌블리캥〉기자로 활동함.
1939년	에세이《결혼》을 완성함. 희곡《칼리굴라》집필함. 이 시기에 앙드레 말로와 교우함.〈알제 레퓌블리캥〉이 당국의 검열로 발행을 중지하고〈수아르 레퓌블리캥〉으로 제명을 변경함.
1940년	〈수아르 레퓌블리캥〉이 폐간되면서 직장을 잃음. 잡지《파리 수아르》편집부에 입사함. 소설《이방인》과 철학 에세이《시지프 신화》1부를 탈고함. 12월 프랑신과 재혼함.
1941년	아내와 오랑에 정착하고 생계를 위해 사립학교에서 강의하며《시지프 신화》를 탈고함.
1942년	5월 소설《이방인》을 출간하고 이어서 10월에 철학 에세이《시지프 신화》를 출간함.
1943년	파스칼 피아와 함께 레지스탕스 조직의 저항 운동 기관지였다가 일간지가 된〈콩바〉의 주간으로 활약함. 루이 아라공과 장 폴 사르트르, 시몬 드 보부아르 등과

	만나 교우함.
1944년	희곡 《오해》와 《칼리굴라》를 묶어 갈리마르사에서 출간.
1947년	피아 사퇴 이후 〈콩바〉의 운영을 맡음. 소설 《페스트》를 출간하고 비평가들의 호평을 받는 동시에 대중적으로도 성공을 거둠.
1948년	10월 희곡 《계엄령》 발표하고 상연하였으나 흥행에는 실패함.
1949년	남미 각국에서 강연하다 폐의 건강이 급격히 악화해 귀국함.
1950년	6월 갈리마르 출판사에서 《시사평론 I》을 출간함.
1951년	10월 평론 에세이 《반항적 인간》을 출간하면서 마르크스주의 비평가들과 사르트르 등 철학자들에게 격렬한 비판을 받음.
1952년	《반항적 인간》을 둘러싼 논쟁을 계기로 사르트르와 결별함. 11월 유네스코에서 탈퇴함.
1953년	1월에 알제리로 돌아와 6월 《시사평론 II》을 출간함.
1954년	심각한 우울 증세를 보이던 아내 프랑신이 프랑스 생망데의 요양원에 입원함. 에세이 《여름》을 출간함. 10월 네덜란드를 여행함.
1955년	2월에 알제리를 방문하고, 4월에는 그리스를 여행함.

주간지《렉스프레스》에 여러 기고문을 발표하며 참여함.

1956년 알제리와 관련된 정치적 견해 차이로《렉스프레스》에서 사임함. 5월 소설《전락》을 출간함.

1957년 3월 소설《적지와 왕국》을 출간함. 10월 노벨문학상 수상 소식을 듣고 12월 수상을 위해 프랑신과 스웨덴 스톡홀름으로 출발함. 12월부터 이듬해 초까지 심각한 불안 증세를 겪음.

1958년 1월에 노벨문학상 수상 기념 연설과 콘퍼런스 내용을 엮은《스웨덴 연설》을 출간함. 3월과 4월에 알제리를 여행함.

1959년 1월 표도르 도스토옙스키의 희곡《악령》을 희곡으로 각색, 직접 연출해 연극으로 상연함.

1960년 1월 4일 오랜 친구인 미셸 갈리마르의 차로 루르마랭의 자택에서 파리로 오는 길에 자동차 사고로 사망함. 루르마랭 묘지에 안장됨.

1994년 사망 직전까지 집필했으며 미완성의 유작이 된 소설《최초의 인간》이 출간됨.

옮긴이 **이휘영**

소르본대학교 문학부에서 D.S.C.F. 학위를 획득했으며 서울대학교 불문학과 교수를 역임했다. 광복 후 최초의 프랑스어 사전인《불한소사전》과《엣센스 불한사전》등을 편찬했다. 알베르 카뮈의《이방인》을 아시아 최초로 번역했으며, 카뮈의《페스트》, 《안과 겉》, 로맹 롤랑의《베토벤의 생애》, 앙드레 지드의《지상의 양식》,《사전꾼들》, 르 클레지오의《홍수》,《카르멘》,《독서론》,《회색 노트》,《암야의 집》등을 번역했다.

전락

1판 1쇄 발행 2015년 12월 10일
2판 1쇄 발행 2025년 10월 27일

지은이   알베르 카뮈 │ 옮긴이   이휘영
펴낸곳   (주)문예출판사 │ 펴낸이   전준배
출판등록   2004. 02. 11. 제 2013-000357호 (1966. 12. 2. 제 1-134호)
주소   04001 서울시 마포구 월드컵북로 21
전화   02-393-5681 │ 팩스   02-393-5685
홈페이지   www.moonye.com │ 블로그   blog.naver.com/imoonye
페이스북   www.facebook.com/moonyepublishing │ 이메일   info@moonye.com

ISBN 978-89-310-2600-9 04800
ISBN 978-89-310-2365-7 (세트)

• 잘못 만든 책은 구입하신 서점에서 바꿔드립니다.

문예출판사® 상표등록 제 40-0833187호, 제 41-0200044호

■ 문예세계문학선

★ 서울대, 연세대, 고려대 필독 권장 도서 ▲ 미국대학위원회 추천 도서
● 《타임》 선정 현대 100대 영문 소설 ▽ 《뉴스위크》 선정 세계 100대 명저

	1	젊은 베르테르의 슬픔 괴테 / 송영택 옮김	34	지상의 양식 앙드레 지드 / 김붕구 옮김
▲▽	2	멋진 신세계 올더스 헉슬리 / 이덕형 옮김	35	체호프 단편선 안톤 체호프 / 김학수 옮김
▲●▽	3	호밀밭의 파수꾼 J. D. 샐린저 / 이덕형 옮김	36	인간 실격 다자이 오사무 / 오유리 옮김
	4	데미안 헤르만 헤세 / 구기성 옮김	37	위기의 여자 시몬 드 보부아르 / 손장순 옮김
	5	생의 한가운데 루이제 린저 / 전혜린 옮김	●▽ 38	댈러웨이 부인 버지니아 울프 / 나영균 옮김
	6	대지 펄 S. 벅 / 안정효 옮김	39	인간 희극 윌리엄 사로얀 / 안정효 옮김
●▽	7	1984 조지 오웰 / 김승욱 옮김	40	오 헨리 단편선 오 헨리 / 이성호 옮김
▲●▽	8	위대한 개츠비 F. 스콧 피츠제럴드 / 송무 옮김	★ 41	말테의 수기 R. M. 릴케 / 박환덕 옮김
▲●▽	9	파리대왕 윌리엄 골딩 / 이덕형 옮김	42	파비안 에리히 케스트너 / 전혜린 옮김
	10	삼십세 잉게보르크 바흐만 / 차경아 옮김	★▲▽ 43	햄릿 윌리엄 셰익스피어 / 여석기 옮김
★▲	11	오이디푸스왕·안티고네 외 소포클레스·아이스킬로스 / 천병희 옮김	44	바라바 페르 라게르크비스트 / 한영환 옮김
			45	토니오 크뢰거 토마스 만 / 강두식 옮김
★▲	12	주홍글씨 너새니얼 호손 / 조승국 옮김	46	첫사랑 이반 투르게네프 / 김학수 옮김
▲●▽	13	동물농장 조지 오웰 / 김승욱 옮김	47	제3의 사나이 그레이엄 그린 / 안흥규 옮김
★	14	마음 나쓰메 소세키 / 오유리 옮김	★▲▽ 48	어둠의 심장 조지프 콘래드 / 이덕형 옮김
★	15	아Q정전·광인일기 루쉰 / 정석원 옮김	49	싯다르타 헤르만 헤세 / 차경아 옮김
	16	개선문 레마르크 / 송영택 옮김	50	모파상 단편선 기 드 모파상 / 김동현·김사행 옮김
★	17	구토 장 폴 사르트르 / 방곤 옮김	51	찰스 램 수필선 찰스 램 / 김기철 옮김
	18	노인과 바다 어니스트 헤밍웨이 / 이경식 옮김	★▲▽ 52	보바리 부인 귀스타브 플로베르 / 민희식 옮김
	19	좁은 문 앙드레 지드 / 오현우 옮김	53	페터 카멘친트 헤르만 헤세 / 박종서 옮김
★▲	20	변신·시골 의사 프란츠 카프카 / 이덕형 옮김	★ 54	몽테뉴 수상록 몽테뉴 / 손우성 옮김
★▲	21	이방인 알베르 카뮈 / 이휘영 옮김	55	알퐁스 도데 단편선 알퐁스 도데 / 김사행 옮김
	22	지하생활자의 수기 도스토옙스키 / 이동현 옮김	56	베이컨 수필집 프랜시스 베이컨 / 김길중 옮김
★	23	설국 가와바타 야스나리 / 장경룡 옮김	★▲ 57	인형의 집 헨리크 입센 / 안동민 옮김
★▲	24	이반 데니소비치의 하루 알렉산드르 솔제니친 / 이동현 옮김	★ 58	소송 프란츠 카프카 / 김현성 옮김
			★▲ 59	테스 토마스 하디 / 이종구 옮김
	25	더블린 사람들 제임스 조이스 / 김병철 옮김	★▽ 60	리어왕 윌리엄 셰익스피어 / 이종구 옮김
★	26	여자의 일생 기 드 모파상 / 신인영 옮김	61	라쇼몽 아쿠타가와 류노스케 / 김영식 옮김
	27	달과 6펜스 서머싯 몸 / 안흥규 옮김	▲▽ 62	프랑켄슈타인 메리 셸리 / 임종기 옮김
	28	지옥 앙리 바르뷔스 / 오현우 옮김	▲●▽ 63	등대로 버지니아 울프 / 이숙자 옮김
★▲	29	젊은 예술가의 초상 제임스 조이스 / 여석기 옮김	64	명상록 마르쿠스 아우렐리우스 / 이덕형 옮김
▲	30	검은 고양이 애드거 앨런 포 / 김기철 옮김	65	가든 파티 캐서린 맨스필드 / 이덕형 옮김
★	31	도련님 나쓰메 소세키 / 오유리 옮김	66	투명인간 H. G. 웰스 / 임종기 옮김
	32	우리 시대의 아이 외덴 폰 호르바트 / 조경수 옮김	67	게르트루트 헤르만 헤세 / 송영택 옮김
	33	잃어버린 지평선 제임스 힐턴 / 이경식 옮김	68	피가로의 결혼 보마르셰 / 민희식 옮김

(뒷면 계속)

- ★ 69 팡세 블레즈 파스칼 / 하동훈 옮김
- 70 한국단편소설선 김동인 외 / 오양호 엮음
- 71 지킬 박사와 하이드 로버트 L. 스티븐슨 / 김세미 옮김
- ▲ 72 밤으로의 긴 여로 유진 오닐 / 박윤정 옮김
- ★▲▽ 73 허클베리 핀의 모험 마크 트웨인 / 이덕형 옮김
- 74 이선 프롬 이디스 워튼 / 손영미 옮김
- 75 크리스마스 캐럴 찰스 디킨스 / 김세미 옮김
- ★▲ 76 파우스트 요한 볼프강 폰 괴테 / 정경석 옮김
- ▲ 77 야성의 부름 잭 런던 / 임종기 옮김
- ★▲ 78 고도를 기다리며 사뮈엘 베케트 / 홍복유 옮김
- ★▲▽ 79 걸리버 여행기 조너선 스위프트 / 박용수 옮김
- 80 톰 소여의 모험 마크 트웨인 / 이덕형 옮김
- ★▲▽ 81 오만과 편견 제인 오스틴 / 박용수 옮김
- ★▽ 82 오셀로·템페스트 윌리엄 셰익스피어 / 오화섭 옮김
- ★ 83 맥베스 윌리엄 셰익스피어 / 이종구 옮김
- ▽ 84 순수의 시대 이디스 워튼 / 이미선 옮김
- ★ 85 차라투스트라는 이렇게 말했다 니체 / 황문수 옮김
- ★ 86 그리스 로마 신화 이디스 해밀턴 / 장왕록 옮김
- 87 모로 박사의 섬 H. G. 웰스 / 한동훈 옮김
- 88 유토피아 토머스 모어 / 김남우 옮김
- ★▲ 89 로빈슨 크루소 대니얼 디포 / 이덕형 옮김
- 90 자기만의 방 버지니아 울프 / 정윤조 옮김
- ▲ 91 월든 헨리 D. 소로 / 이덕형 옮김
- 92 나는 고양이로소이다 나쓰메 소세키 / 김영식 옮김
- ★ 93 폭풍의 언덕 에밀리 브론테 / 이덕형 옮김
- ★▲ 94 스완네 쪽으로 마르셀 프루스트 / 김인환 옮김
- ★ 95 이솝 우화 이솝 / 이덕형 옮김
- ★ 96 페스트 알베르 카뮈 / 이휘영 옮김
- ▲ 97 도리언 그레이의 초상 오스카 와일드 / 임종기 옮김
- 98 기러기 모리 오가이 / 김영식 옮김
- ★▲ 99 제인 에어 1 샬럿 브론테 / 이덕형 옮김
- ★▲ 100 제인 에어 2 샬럿 브론테 / 이덕형 옮김
- 101 방황 루쉰 / 정석원 옮김
- 102 타임머신 H. G. 웰스 / 임종기 옮김
- ● 103 보이지 않는 인간 1 랠프 엘리슨 / 송무 옮김
- ● 104 보이지 않는 인간 2 랠프 엘리슨 / 송무 옮김
- ▲ 105 훌륭한 군인 포드 매덕스 포드 / 손영미 옮김
- 106 수레바퀴 아래서 헤르만 헤세 / 송영택 옮김

- ▲ 107 죄와 벌 1 표도르 도스토옙스키 / 김학수 옮김
- ▲ 108 죄와 벌 2 표도르 도스토옙스키 / 김학수 옮김
- 109 밤의 노예 미셸 오스트 / 이재형 옮김
- 110 바다여 바다여 1 아이리스 머독 / 안정효 옮김
- 111 바다여 바다여 2 아이리스 머독 / 안정효 옮김
- 112 부활 1 레프 톨스토이 / 김학수 옮김
- 113 부활 2 레프 톨스토이 / 김학수 옮김
- ▲● 114 그들의 눈은 신을 보고 있었다 조라 닐 허스턴 / 이미선 옮김
- 115 약속 프리드리히 뒤렌마트 / 차경아 옮김
- 116 제니의 초상 로버트 네이선 / 이덕희 옮김
- 117 트로일러스와 크리세이드 제프리 초서 / 김영남 옮김
- 118 사람은 무엇으로 사는가 레프 톨스토이 / 이순영 옮김
- 119 전락 알베르 카뮈 / 이휘영 옮김
- 120 독일인의 사랑 막스 뮐러 / 차경아 옮김
- 121 릴케 단편선 R. M. 릴케 / 송영택 옮김
- 122 이반 일리치의 죽음 레프 톨스토이 / 이순영 옮김
- 123 판사와 형리 F. 뒤렌마트 / 차경아 옮김
- 124 보트 위의 세 남자 제롬 K. 제롬 / 김이선 옮김
- 125 자전거를 탄 세 남자 제롬 K. 제롬 / 김이선 옮김
- 126 사랑하는 하느님 이야기 R. M. 릴케 / 송영택 옮김
- 127 그리스인 조르바 니코스 카잔차키스 / 이재형 옮김
- 128 여자 없는 남자들 어니스트 헤밍웨이 / 이종인 옮김
- 129 사양 다자이 오사무 / 오유리 옮김
- 130 슌킨 이야기 다니자키 준이치로 / 김영식 옮김
- 131 실종자 프란츠 카프카 / 송경은 옮김
- 132 시지프 신화 알베르 카뮈 / 이가림 옮김
- 133 장미의 기적 장 주네 / 박형섭 옮김
- 134 진주 존 스타인벡 / 김승욱 옮김
- 135 황야의 이리 헤르만 헤세 / 장혜경 옮김
- 136 피난처 이디스 워튼 / 김욱동 옮김
- 137 이상한 나라의 앨리스·거울 나라의 앨리스 루이스 캐럴 / 이순영 옮김
- 138 빨강 머리 앤 루시 모드 몽고메리 / 이순영 옮김